인생을 쓰는 시간

인생을 쓰는 시간

마음을 연결하는 글을 쓰고 싶다

임은자 지음

프로방스

산에 다녀오더니
들꽃 한 아름을 안겨준다
우와
어떡해
사랑에 빠질 것 같아

임은자 「들꽃」 전문

그녀는 들꽃을 닮았습니다. 단박 눈에 띄지는 않지만 함께 있으면 은은한 향기에 취해 그만 사랑에 빠져버리죠. 오랜만에 그녀가 쓴 시를 들춰 봅니다. 작은 마을 도서관에서 함께 울고 웃으며 시를 쓰던 날들이 떠오르네요. 늘 일찍 와서 골똘히 글을 쓰던 은자. 그 짧은 만남이 영화처럼 이어져 서로에게 든든한 길동무 글동무가 되었습니다.

> 자고 일어나니
> 모두
> 진주 목걸이 하나씩을 걸고 있다
> 반짝반짝 영롱한 것이
> 더할 나위 없다
> 나만 분발하면 되겠다.

임은자 「목련에게(나에게)」 전문

자신이 진주인 줄도 모르고, 반짝반짝 빛나는 줄도 모르고 그녀는 '나만 분발하면 되겠다'고 다짐합니다. 목련꽃 아래서 했던 다짐은 머지않아 날마다 글쓰기로 이어집니다. 눈에 실핏줄이 빨갛게 터져도 갑자기 귀가 먹먹해져도 새로 이사 간 집에 인터넷이 연결되지 않아도 그녀는 아무런 핑계를 대지 않고 묵묵히 씁니다. 그리고 약속한 시간에 그녀를 기다리는 독자들에게 글을 배달합니다.

한 걸음 한 걸음
내딛는 그 길이
동래구 사직동 27번 길이 아니라
그 길이
꿈길 되길 기도한다.

임은자 「꿈길」 전문

한 걸음 한 걸음 쉬지 않고 내디딘 길이 드디어 그토록 바라던 꿈길이 되던 날. 출판 계약 소식을 전하던 그녀의 떨리던 목소리가 아직도 귀에 생생합니다. 어쩌면 그녀가 걸어온 모든 길이 꿈길이었는지 모릅니다. 시어머니와 함께 국밥집을 하며 한여름 펄펄 끓는 국밥을 나를 때도 작은 마을 도서관에 앉아 꾹꾹 눌러 시를 쓸 때도 가족을 위해 조물조물 나물을 무칠 때도 버려진 화분을 안고 와서 물을 주고 눈을 맞출 때도 내가 아는 그녀는 늘 설레며 꿈꾸었을 테니까요.

삶이 곧 글이 되는 사람, 은자. 그녀의 인생이 오롯이 담긴 책이 세상에 나온다니 참 기쁩니다. 『인생을 쓰는 시간』에는 천방지축 유년시절과 물불 가리지 않고 사랑을 쟁취한 청년시절을 거쳐 시인이라는 새 이름표를 달기까지 평범한 주부의 결코 평범하지 않은 이야기가 담겨있습니다. 그녀의 삶과 꼭 닮은 이야기는 코미디, 로맨스, 드라마, 서스펜스, 추리, 액션 등 다양한 장르를 넘나들며 거침없이 펼쳐집니다. 글이라고는 연애편지와 일기쓰기가 전부였던 그녀가 날마다 글쓰기를 통해 성장해가는 모습은 큰 울림을 줍니다.

힘든 시기에 많은 독자들이 『인생을 쓰는 시간』을 만나 위로받고 행복해지면 좋겠습니다. 더불어 그녀의 삶을 통해 희망과 용기를 얻고 새로운 인생을 쓰는 시간을 가질 수 있길 바랍니다. 마지막으로 이 책의 첫 독자 林命圭 님의 건강을 빕니다.

글벗
강기화

내 인생, 오늘도 씁니다

4년 전, 우리 마을 도서관 〈시 쓰기〉 프로그램에서 동시를 처음 만났다. 심심하던 차에 우연히 참여해 본 수업이었다. 시를 쓴다는 것도 낯선 일이었지만, 더군다나 동시는 한 번도 써 본 적이 없었다. 놀이하듯 12회 수업을 마친 날, 강기화 선생님은 나에게 동시 한 번 써 보지 않겠느냐며 손 내밀어 주셨다. 그 손을 타고 글이 나에게로 왔다.

우연한 일이었다. 재능은 고려하지도 않고 선생님의 손을 덥석 잡았다. 〈동시 교실〉 모임에 들어가 훌륭하신 선생님들 사이에서 읽고 쓰며 배워갔다. 제대로 공부하기도 전에 각 공모전에 응모했다. 다져지지 않은 글이었지만, 아무도 말리지 않았다. 선생님은 지적하고 만류하는 대신 지지와 칭찬만 해주셨다. 무턱대고 도전했다. 도전은 실력과 상관없었다. 13번 도전한 끝에 〈시력검사〉로 대상을 받았다. 생각지도 못한 큰 상이었다. 그저 매일 쓰고 용감하게 도전한 게 결실을 보았다. 천지도 모르고 시작한 동시가 어려운 문학이라는 건 한참 후에나 알았다.

동시는 민들레 홀씨처럼 날아 동시 너머를 보여주었다. 글을 잘 쓰기 위해서는 물리적인 양이 쌓여야 한다는 이은대 작가님의 말씀을 들었다. 동시처럼 매일 한 편의 글을 쓰기 시작했다. 어쩌면 나는, 한글을 안다는 걸 무기로 착각했는지도 모른다. 글을 너무 쉽게 생각했다. 지금까지의 내 언어는 쓰기 위한 도구가 아니라, 말을 위한 용도에 지나지 않았다. 말과 글은 책임감의 무게부터 달랐다. 용기만으로 글을 쓰는 게 아니란 걸 알았다.

날마다 빈 화면을 채우는 일이 쉽지 않았다. 소재가 없어서 힘들기도 했지만, 처음 만나는 '나'와의 정면 대면이 낯설고 당황스러웠다. 남보다 오히려 나에게 무관심했다는 걸 알았다. 나에 대해, 내 안의 문제에 진지하지 않았고 고민하지 않았음을 알게 됐다. 글을 쓰는 시간은 당황스러웠지만, 오늘은 어떤 나를 만나게 될지 또 한편으론 기대되는 일이기도 했다. 그 시간을 통해 나와 인생을 돌아보고 내 인생을 쓰기 시작했다. 서랍을 정리하듯 기억을 정리하는 시간이었다. 그러나 글이, 글이 되는 일은 쉽지 않았다.

'사랑하는 아내가 원고지 한 장 대신 써 줄 수 없고, 사랑하는 아들도 마침표조차 대신 찍어줄 수 없는 게 글쓰기.'라는 조정래 작가의 글에 통감했다. 누구도 의지할 수 없었다. 오롯이 혼자 감당해야 할 몫이었다. 남편은 우는 나를 놀렸고 아이들은 힘들면 그만하라고 했다. 그러나, 내 인생 한 번 써 보고 싶었다. 지난 시간을, 사진첩을 들추어보듯 펼쳐보았다.

빡빡머리 다섯 살 꼬맹이를 만나는 날은, 다른 아이를 바라보듯 웃음이 났다. 5학년 운동회 날에는 억울했던 엄마의 응원이 들어있다. 짤랑거리던 아빠의 주머니를 쏙쏙 빼먹던 날엔 어린것의 당돌함과 아빠의 노파심이 들었고, 외양간 모깃불 사건은 엄마의 불타는 사랑을 보여준다. 아빠와 엄마의 사고와 질병, 죽음 앞에 이른 시간을 떠올리는 건 여전히 모진 일이었다. 핀셋으로 집어 덜어낼 수 있는 인생이면 좋으련만, 아팠던 그 시절마저 내 인생이기에 기억을 꺼내 놓는다.

어린 시절 개울에서 물고기 잡고 수영하던 철부지 시절도 글이 되었고, 도둑고양이 같았던 오빠들과의 추억도 글이 되었다. 반대했던 결혼도, 고된 육아에 매일 터져있던 입술도 지나고 보니 고되기만 한 건 아니었다. 힘들었던 돼지국밥집도 글이 되고, 글을 쓰게 된 동기마저 글이 되었다. 지나온 삶은 고스란히 축적돼 있었고 글을 만나 되살아났다. 그 모든 삶이 글이 되려고 나에게 주어진 모양이다.

마흔 후반에 나에게 온 글은, 작은 내 세계를 확장 시켰다. 동시로 시작한 글은 수필로 이어졌고 〈매일메일은자〉라는 새로운 세상을 펼쳐주었다. 한 번도 해 보지 않은 방송국 인터뷰를 하고 지면에도 소식이 전해졌다. 기적처럼, 처음 시를 배운 그곳에서 첫 특강을 하고 원고를 청탁받는다. 전혀 상상도 못 한 꿈같은 일들의 연속이다. 이런 날이 나에게 올 것이라곤 상상하지 못했다.

요가, 요리, 장사, 이것저것 기웃거려봤지만 내 것이 되지 않았다. 나와는 전혀 상관없는 줄 알았던 글이 어느 날 내 품으로 왔다. 놓치지 않으리라 마음먹지만 언제 또 홀연히 떠나버릴 인연일지 알 수 없다.

나를 바라보게 하고, 사라진 내 과거를 살려낼 수 있는 유일한 도구, 오늘을 살게 하는 이유, 생각보다 훨씬 많은 것을 주는 글 앞에 겸허해진다.

흘러가는 대로 살았다. 다투지 않았고 주장하지도 않았다. 내세우기보다 순응하는 삶을 살았다. 남편은 똑 부러지고 야무진 대한민국 아줌마이길 원하지만, 그건 오히려 나에게 불편한 일이었다. 지는 듯 살아도 문제없었고 할 말을 굳이 다 하지 않아도 통한다는 걸 알아가고 있다.

잘 살아야 좋은 글도 쓸 수 있다고 한다. '잘 산다는 것'의 정의를 내리는 것 또한 주관적일 테지만, 조금씩 철이 들어가는 게 잘 사는 게 아닐까 싶다.

소중한 내 인생, 이젠 흘러가는 대로 두고 싶지 않다. 비루했던 내 과거마저 부끄럽지 않게 해주고, 작은 나를 응원해 주는 글. 나는 글에 더 진심을 담아보려 한다. 오늘도 글이 될 것이기에 나는 글의 소재로 충실한 삶을 살아갈 테다.

글이 나에게 온 것을 후회하지 않도록 쓰임새 있는 도구가 될 것이다. 마음과 마음을 연결하고 글이 글을 낳게 되는 순간을 위해 마음을 다하려 한다. 인생을 쓰는 시간이라 말할 수 있는 이 순간과 내 인생의 모든 주인공에게 감사를 전한다. 나에게 온 모든 인연에 사랑을 전한다.

추천사   5
프롤로그 내 인생, 오늘도 씁니다   9

Episode 1   인생 에피소드

이 사람은 죄가 없습니다   18
조폭과 아줌마의 공통점   24
심 봉사 눈 뜬 날   30
헤어 에센스   36
과거 청산   42
아카시아 미용실   48
엄마 옷은 어디에   55
우산 쓴 남자와 프리마돈나   61
고래 싸움에 새우   67
임시정부   73

Episode 2   그 시절을 떠올리며

잃어버린 청춘   80
원숭이 엉덩이는 빨개   86
청춘을 훔쳐 드립니다   92
헌화   99
엄마의 응원   105
뭣이 중헌디   111
마지막 선물   116
도둑고양이   122
그때를 아십니까?   128
액땜   133

Episode 3 유난히 엄마 생각이 납니다

선비와 왈가닥의 만학 로맨스   *140*

엄마, 울지 마   *145*

양치기 소년   *151*

사람은 무엇으로 사는가?   *157*

오버랩   *164*

어머님은 짜장면이 싫다고 하셨어   *171*

비가 온다   *177*

여보 당신, 은자   *183*

팔아버린 양심   *189*

분실신고   *195*

Episode 4 쓰면서 배웁니다

비명   *202*

바다가 육지라면   *208*

길   *214*

멸치볶음과 행복   *220*

눈물이 나면 선암사로 가라   *226*

그분이 오셨다   *232*

핑계를 위한 핑계   *237*

설날 아침에   *243*

돼지국밥집 아줌마 동시 작가 되다   *249*

글 = 벗 + 스승   *255*

시인의 마을   *260*

에필로그 선물   *266*

Episode 1

인생 에피소드

이 사람은 죄가 없습니다

엄마는 한 번도 인정하지 않는다. 시집 잘 와서 좋은 남편 만났다는 우리 말을 늘 부인하신다. 시집 잘 왔다는 말에 웃으며 눈을 흘기신다. 오히려 아빠가 장가 잘 와서 당신 덕 보고 산다며 우리를 설득하려 하신다. 맨날 욕하는 앞집 곽 씨 아저씨 만났으면 어쩔 뻔했냐며 엄마를 놀려 먹는다.

엄마는 힘든 농사일을 하면서도 인색하지 않고 인정스럽다. 부끄럼 없이 말끝마다 유머를 붙여 재미나게 말하는 재주도 있다. 학교를 가 보지 못해 한글을 못 깨쳤지만, 목소리 크기나 위압감으로 봐선 이 집안에서 제일 고학력인 것 같다. 목소리도 크고 잔소리도 쉼이 없다. 부잣집은 아니었지만 크게 돈 걱정도 안 해봤고 농협 가서 돈도 한 번 안 찾아보셨다. 병원이랑 도시 외출할 땐 아빠랑 오빠가 늘 모셔가고, 달력에 날짜 가는 것도 모르신다.

반면 아빠는 약한 외모와는 달리 아무거나 해 줘도 불평 없이 잘 드시고 세심하게 엄마를 배려하신다. 엄마의 '모름'에 친절하게 답해주시고 그마저 존중하신다. 작은 몸으로도 든든한 엄마의 방어벽이 돼 주신다. 평생 글을 가까이하며 부드러운 성격과 높은 인격을 가지고 계신다. 작은 체구지만 한 번도 쩨쩨한 모습을 보이지도 않았다.

엄마는 아빠랑 결혼해서 누리는 혜택이 많음에도 불구하고 한 번도 시집 잘 왔다고 인정을 안 하신다. 만족하고 감사해하기보단 아빠를 구박하고 부려 먹는다.

사촌 금자 언니가 목격하고 들려준 한 여름밤의 모깃불 사건은 엄마의 사랑을 몸소 보여주신 사건이다. 아빠에 대해 매사 불만이고 잔소리도 많지만, 갑작스레 닥친 사건에 엄마의 본심이 드러났다. 내가 직접 보지는 못했지만 안 봐도 훤하다. 안 들어도 서라운드다. 이야기를 시작도 하기 전에 언니는, 웃음이 터져 나온다.

저녁을 먹고 TV 보며 졸고 있을 때 바깥에서 "불이야!" 하는 다급한 소리가 났다. 깜빡 잠이 든 엄마는 시끄러운 소리에 놀라 일어났다. 속옷 차림인 것도 잊고 밖으로 나갔다. 우리 집 외양간이다. 모기를 쫓기 위해 놔둔 불이 화근이 되었다. 놀란 엄마는 아빠를 부르고 어수선한 소리에 놀란 동네 사람들도 하나둘 뛰쳐나왔다. 누구보다도 더 놀랐을 황소를 먼저 끌어내 솔밭으로 옮겨 놓고 양동이로 물을 퍼붓기 시작했다. 그때만 해도 집수리하기 전 나무로 지은 오래된 외양간이었으니 불길이 번지면 일이 커진다. 게다가 더 문제는 외양간에 수북이 쌓아둔 짚단이다. 그 짚단에 불이 옮겨붙으면 불쏘시개가 되어 걷잡을 수 없이 커질 수 있다. 도미노처럼 옮겨붙기 전에 얼른 불길을 잡아야 한다. 우왕좌왕하는 틈에 야윈 아빠가 어느새 낫을 찾아 들고 들어간다. 엄마는 행여나 아빠가 용쓰다가 탈이라도 날까 봐 아빠를 불러낸다. 허리춤을 붙잡고 아빠를 끌어낸다. 당연히 남자가 더 힘써야 할 일에 아빠 대신 스스로 뜨거움 속에 뛰어든다. 몸 상하면 더 큰 일이다. 마음은 급하고 불길 성질은 더 급하다. 다행히 마을 사람들이 두 손 걷어붙이고 나서서 도와준 덕에 짚단도 꺼내고 불길도 일찍 잡을 수 있었다.

한숨을 돌리려는 찰나, 소방차가 요란한 소리를 내며 마을에 들어왔다. 그 와중에 누군가가 소방서에 신고 전화를 했던 모양이다. 소방차가 마을에 온 것을 처음 본 엄마에게 이제 불보다 더 큰 일이 일어났다. 놀란 가슴이 채 진정되지도 않았는데,

소방관이 들이닥친 것이다. 엄마는 낡은 속옷 사이로 삐져나온 젖가슴은 챙길 정신도 없다. 다짜고짜 소방관 앞으로 다가가 사정한다.

"이 사람은 죄가 없십니더. 잡아갈라면 나를 잡아가소이. 내가 불냈소. 내가 잘못해서 내가 불냈소."

그렇다. 엄마는 불낸 사람을 잡아가는 줄 알았다. 나라 살림 말아먹은 것도 아니고 이웃집에 불이 번진 것도 아니다. 다만, 소방관 법 몇 조에 '불낸 죄'가 있는 줄 알았다. 아빠가 불낸 게 아니라 당신이 불을 냈다며 거짓말을 한다. 잡아가려면 나를 잡아가라고 사정한다. 감옥이 무섭고 두려운 곳임을 안다. 그곳을 아빠 대신 가겠다고 하신다. 게다가 불낸 사람이 소방차 출두한 벌금도 내야 하는 줄 안다. 그러나 돈보다 중요한 것은 영감이다. 나는 잡아가도 되는데, 영감은 잡아가면 안 된다. 엄마 말을 들은 소방관은 어이가 없다. 불을 끄는 게 그들의 업무지, 사람 잡아가는 게 그들 일이 아니다.

"할머니, 우리 사람 잡으러 온 거 아닙니다. 우리 아무도 안 잡아갑니다."

엄마만큼 당황한 소방관들이 엄마를 안심시킨다. 그제야 엄마는 다리에 힘이 풀린다. 불도 끄고 불보다 더 급한 마음의 불도 껐다. 날은 더웠고, 놀란 가슴과 얼굴은 더 뜨겁다.

엄마에게 아빠는 전부다. 엄마가 남편 잘 만난 건 사실이지만 아빠에게 더할 수 없이 끔찍하시다. 당신 다리 불편하심에도 불구하고 눈 뜨면 행여나 비었을 위(胃)없는 아빠에게 간식을 먼저 대령하신다. 가스 불 대신 굳이 아궁이 불을 때 곰국을 고아 주신다. 당신 입에 들어가는 것도 해 먹기 귀찮은데 시시때때로 고영양 음식을 준비하신다. 손끝 야물지 못한 아빠를 아들처럼 돌봐주신다. 불길에서 영감을 끌어내고 당신이 뛰어들었듯이 내 목숨보다, 자식들보다 우선으로 영감을 챙기신다.

아빠가 기운 없어 드러눕는 날이 많아지면서 행여나 홀로 남겨질까 봐 걱정이다. 글도 모르고 은행 일도 못 본다. 날짜 가는 것도 모르신다. 아빠 없는 삶이 걱정이다. 아빠 돌아가시면 따라 죽을 거라며 유언 아닌 유언을 하신다.

논개야 애국심에 왜장을 끌어안고 죽었다지만 천하의 어느 기생이 이토록 열녀일까? 어느 부인이 남편 죽음에 내 목숨을 내놓으려 할까? 나는 그러지 못할 것 같다. 엄마만이 할 수 있는 말 같다. 하지만 너무 많이 들어 감동적인 말이 감동도 없다.

거짓말을 해서라도 아빠를 지키려 하는 엄마의 사랑은 생각만 해도 우습고 놀랍다. 말로는 표현하지 못하는 부끄러운 사

인생을 쓰는 시간

랑이 위급한 상황에 자동으로 튀어나온다. 도대체 그 에너지는 어디서 나오는 걸까? 이 사람은 죄가 없다는 엄마의 간곡함은 연기 대상감이다. 감히 범접하기 어려운 엄마의 사랑법이다.

매사에 꼼꼼히 챙겨주시는 아빠와 아빠를 극진히 모시는 엄마다. 두 분이 서로 나약해진 몸을 의지하고 챙겨가며 여생을 보내고 계신다. 한마을에서 자라고 한마을에서 결혼식을 올리고, 한마을에서 일평생을 살아오셨다. 평생을 같은 곳에서 같은 운명을 나눠 쓰셨다. 애틋한 두 분의 마지막 가는 길도 외롭지 않을, 같은 운명이었으면 하는 못된 바람이다.

조폭과 아줌마의 공통점

어둑해지는 시각, 한적한 시골 마을에 봉고차 한 대가 들어온다. 내리는 사람은 없고 엄마를 비롯한 일곱 명의 아줌마가 봉고차에 올라탄다. CCTV도 없는 곳이다. 그들이 어디로 실려 가는지, 누가 데리고 가는지 아무런 증거가 없다. 어디로 데려 가서 뭘 할 건지 알아야 한다. 증거가 있어야 신고할 수 있다. 뒤따라가서 현장을 목격해야 한다. 어두운 밤길을 한참이나 달려 아줌마들이 내린 곳은 한적한 마을, 외딴집이다.

뾰족한 송곳과 예리한 칼, 시커멓고 빨간 약물들, 드디어 그들의 실체가 밝혀진다. 당장 신고하려다 증거를 더 수집한다. 어울리지 않는 공주 거울은 무슨 용도일까? 마지막 장면을 확인하고 싶은 걸까? 번쩍이는 면도칼이 여기저기 널브러져 있다. 많은 사람이 피를 보고 간 게 틀림없다. 살아서 돌아갔다면 다행이지만 아마도 흉터 하나쯤은 가지고 갔을 것 같다. 목뒤로 소름이 돋는다. 한적해서 작당을 꾸미기에 좋았을 곳이다. 뒤에서 복면 쓴 조폭이 칼을 들고 나타날 것만 같다. 무시무시한 기구들을 비추는 붉은빛 조명, '이 정도면 증거가 충분해'하고 전화기를 꺼내는 순간, 그녀가 등장한다.

그녀는 조폭도 꽃뱀도 아니다. 그곳은 다름 아닌 문신 시술소다. 사장님이자 운전자는 자기 집에서 일명 불법 시술을 했다. 사람을 모았다는 전화를 받으면 차로 모시고 와서 갈매기한 쌍을 그려주신다. 그날도 할머니들을 모셔 와 한 방에 일렬종대로 눕혀 놓고 차례차례 작업을 시작했다. 맨 끝에 누운 엄마는 먼저 하는 사람들을 지켜본다. 담대한 엄마도 앓는 사람을 보니 걱정이다. 차례가 되길 기다리며 사장님의 솜씨를 관찰한다. 엄마 차례가 되었을 때는 이미 밤이 깊었다. 앞에 여섯 명까지 일필휘지로 그리던 사장님이 하필 엄마 차례에 그만 지겨워져 버렸다. 엄마 차례에서 갑자기 피로가 밀려왔다. 엄마의 두 번째 눈썹은 그렇게 탄생 되었다. 시퍼런 짝짝이 문신. 엄마는 두고두고 그날을 이야기하신다.

천연기념물이었다. 눈썹, 아이라인 문신, 성형수술 하지 않은 사람을 천연기념물이라고 부른다. 뉴질랜드 이민을 준비하던 조카가 미용 자격증을 준비할 때였다. 수험자가 머리와 화장시킬 모델을 직접 데리고 가야 했다. 그런데 눈썹이나 아이라인 문신을 한 사람은 자격이 안 된다. 의외로 그 조건 찾기가 어려워 내가 조카의 모델이 돼 준 적이 있다.

오랫동안 나를 신경 쓰이게 했던 모나리자다. 이미 주위에 나보다 상태 좋은 친구들도 모두 새 눈썹을 가졌다. 무슨 고집이었던지 귀찮긴 했지만, 매일 아침 미술 시간처럼 갈매기를 그렸다. 어떨 땐 완벽한 좌우대칭을 뽐내는 조나단 리빙스턴이지만 대부분은 짝짝이에 그쳤다. 하지만 사는 데 중요한 일이 아니었다.

생각해 보면 줌이 문제였다. 온라인 수업이 많아지다 보니 화장 안 한 내 모습을 줌에서 볼 때마다 불편했다. 눈썹이 진하면 선명한 맛이라도 있을 텐데, 매번 흐리멍덩한 내 모습이 못마땅했다. 굳이 화면을 켜고 들으시라는 선생님들 말씀에 뻔뻔스럽게 등장했지만, 변화가 필요했다. 그간 여러 가지 안 할 핑계를 댔는데, 이젠 그 이유가 무엇이었는지 기억조차 나지 않는다. 그렇게 모나리자를 버리기로 했다.

엄마처럼 7번째가 되고 싶지 않아 첫 타임을 예약했다. 첫 시술이란 말에 관리사가 따뜻한 차를 주시며 긴장을 풀어 주신다. 엄마처럼 담대하지만, 긴장된다. 하지만 머리만 대면 자는 건 시술소에서도 마찬가지다. 긴장했던 마음과는 달리 눕자마자 잠이 들었다.

잠시 후 시술이 끝났다고 거울을 보여주신다. 아줌마들 시술소에도 있던 그 공주 거울이다. 조금 전까지만 해도 없던 선명함이 들어있다. 어색하기 짝이 없다. 만족감보다 어색해하는 나에게 시간이 지나면 조금씩 자연스러워질 거라는 위로를 건넨다. 잔다고 미처 몰랐던 욱신욱신한 통증이 올라온다.

죽는 날까지 한 점 부끄럼 없기를 바라야 할 나이에도 갈증은 여전하다. 통증도 감내하는 여자의 욕망은 죄일까? 칼 대며 하는 성형수술에 비하면 이까짓 것 아무것도 아니지만 내 인생 큰 도전이었다. 모나리자 지겨워 겁도 없이 시술했더니 미처 상상해 보지 않은 짱구가 되었다. 문신하고 나면 돈이 들어온다는 미신이 있다고 한다. 불편한 마음이 온갖 좋은 걸 다 끌어 붙인다.

퇴근하고 오면 천연기념물 마니아인 그분이 뭐라고 하실 듯하다. 시집을 갈 것도 아닌데 왜 하냐는 사람이다. 딸을 시집보내야 할 때가 다 돼가는데 딸이 아니라 그 엄마가 시술했으니 못마땅해할 게 뻔하다. 고기 먹고 싶다는 남편과 불판 앞에 마주 앉았다. 눈썰미 없는 남편이다. 뭐 달라진 거 없냐고 얼굴을 가까이 들이밀고 물어본다. 여자들이 "뭐 달라진 거 없어?" 하고 물어볼 때가 제일 곤란하다는 남자들이다. 당황한 남편은 달라진 점을 찾아보려고 애를 쓴다. 한참을 찾아보던 남편은 "머리 잘랐나?"라며 엉뚱한 대답을 한다. 다시 한번 잘 찾아보라는 내 말에 엉뚱한 짐작보다 과감한 포기를 선택한다. 남편 눈엔 이러나저러나 데칼코마니다. 이렇게 도장 꽉 찍어 놨는데도 모르겠단다. 이 사람은 내가 조폭이 되어 칼을 차고 다녀도 모를 것 같다.

줌 화면에 다시 들어갔다. 컴퓨터 사양이 업그레이드된 듯 내 모습이 선명해졌다. 온라인 세상에 이로운 얼굴로 거듭났다. 눈썹을 그리려다가도 깜짝 놀란다. 세수했는데 눈썹이 있다. 이제껏 느껴보지 않은 부귀영화를 누리는 듯하다. 이 좋은 걸 왜 이제야 했는지 모르겠다.

조폭과 아줌마의 공통점
1. 대체로 칼을 잘 쓴다.
2. '형님'이란 말을 잘 쓴다.
3. 몸 어딘가에 문신이 있다.
4. 제 식구를 끔찍이 여긴다.

문신했다고 친구에게 얘기했더니 재미난 카톡을 보내왔다. 비로소 그분들과 동급이 되었다. 그분들은 승천하는 용이 있고 나는 씩씩한 갈매기가 있다. 그분들은 숨기고 다니지만 나는 위풍당당 내놓고 다닌다. 범접하기 어려웠던 그분들과도 통하는 점이 생겼으니 꿩 먹고 알 먹고, 이뻐지고 오빠 생기고, 일거양득이다.

외모가 중요한 건 아니지만, 이왕이면 다홍치마다. 외모가 칼이나 총처럼 완벽한 무기가 될 수 있다는 말도 한편 공감한다.

이뻐지고 싶은 갈망은 나이와도 상관없다. 여자는 관에 들어갈 때까지 이뻐야 한다는 언니들 말이 틀린 말이 아닌 것 같다. 조폭도 칼도 무섭지 않은 여자의 욕구와 여자의 변신은 언제나 무죄다. 엄마와 나의 갈매기도 무죄다.

심 봉사 눈 뜬 날

　엄마의 거구가 문제였다. 젊은 날 머리에 광주리를 이고 가면 뒷산이 엄마의 덩치 때문에 다 가릴 정도였다고 한다. 외할아버지를 닮은 엄마는 기골이 장대했다. 덕분에 아들도 쑥쑥 낳았고 힘든 농사일도 마다하지 않으셨다. 그러나 나이가 들고 살이 빠지니 그 살들, 늘어난 거죽이 문제가 되었다. 빵빵했던 풍선에 바람이 빠지기 시작했다. 하루하루 풍선은 작아지고 쪼그라졌다. 지구의 중력이 살들을 아래로 흘려보냈다. 옷으로 가릴 수 있는 부분은 그나마 다행이다. 가릴 수 없는 얼굴, 그중에 특히 눈꺼풀이 내겐 숙제로 다가왔다. 축 처진 눈꺼풀이 이젠 눈을 반이나 덮고 있다. 그간 수없이 걷어 내자고 설득했건만, 엄마는 아프지 않으니 괜찮으시다고 고집부렸다.

일흔이 넘도록 그 많은 농사일 다 했으니 몸은 만신창이가 되었다. 그러나 어지간히 아픈 건 병원 갈 생각도 하지 않으신다. 엄마의 선택 기준은 아프냐, 안 아프냐, 딱 이 두 가지다. 눈꺼풀은 처지긴 했지만 아픈 게 아니니까 병원에 갈 필요가 없다. 그러니 나뿐만 아니라 주위에서 암만 말해봐야 소용없는 일이었다. 그동안 수없이 아팠고 병원 들락거리는 것도 몸서리가 난다. 아프지도 않은데 수술하는 건 쓸데없는 일이다.

이대로 더 있다간 눈 뜬 봉사가 될 것 같다. 도저히 안 되겠다 싶어서 '할인' 카드를 꺼내 들었다. 지금 마침 행사 기간이라 할인받으면 돈 얼마 안 든다고 엄마를 설득했다. 지금이 딱 기회라며 솔깃한 엄마에게 거짓을 보탠다. 제값 다 안 줘도 된다는 말에 엄마가 넘어왔다. 아프지도 않은 일에 돈을 쓴다는 건 헛돈이라는 엄마가, 마음을 내셨다.

아침 일찍 병원으로 갔다. 다행히 고혈압과 당뇨 같은 성인병은 없으니 일사천리로 진행된다. 간단한 상담 후 바로 수술실로 들어간다. 담대한 엄마다. 이까짓 것 수술같이 여기지도 않는다. 당신은 피도 맑고 '살'이 좋아 상처도 금방 낫는다며 걱정하는 의사를 도리어 안심시킨다. 수술대 계단을 밟고 오르면서도 당신은 눈꺼풀이 아니라 무릎을 수술해야 하는데 여길 왔다며 쓸데없는 말도 보탠다.

막상 엄마를 수술실에 넣고 나니 그제야 미처 생각지 못한 걱정이 올라온다. 대기실에 테이프 덕지덕지 붙인 할머니들을 보니 더 걱정이다. 미처 생각지 못한 테이프다. 눈뿐만 아니라 눈썹 위 이마까지 테이프가 잔뜩 붙어있다. 퉁퉁 부은 얼굴을 보니 그제야 이것도 수술이란 생각이 든다. 혹시나 생길지 모를 뒷일에 대한 부담과 걱정이다. 하지만 내 생각이 길어지기도 전에 수술실 문이 열리고 엄마가 나오신다. 웃으신다. 이리저리 살피는 엄마 눈이 웃는다.

엄마는 태어나 처음 세상을 보는 것처럼 신기해하신다. 생각지도 못한 광명을 찾은 듯 놀라워하신다. 연신 거울을 보며 좋아하신다.

그래, 그랬다. 엄마는 반쯤 덮인 눈꺼풀 때문에 반쪽으로만 세상을 봤다. 그것이 하루아침에 일어난 일도 아니고 서서히 진행되어 당신도 알지 못한 채로 살았다. 게다가 아픈 게 아니었기에 큰 불편도 느끼지 못했다. 커튼을 걷어 내고 나서야 남들이 보는 만큼 보인다. 몇십 년 만에 처음으로 훤한 세상을 본다. 그동안 보지 못한 세상이 갑자기 억울한 생각도 든다. 그러나 보고 싶은 것만 보는 게 사람 마음이라 엄마는 훤하다면서도 당신 눈에 붙은 테이프는 안 보이는 모양이다.

수술을 마친 의사 선생님이 뒤따라 나오신다. 수술 접시에 떼어낸 눈꺼풀을 가져와 우리에게 보여주신다. 개원해서 이렇게 큰 눈꺼풀을 떼 낸 건 처음이라며 기념이라도 할 기세다. 왠지 의사 선생님 얼굴이 환희에 찬듯하다. 오늘 할 일을 두 시간 만에 다 마친 직장인처럼 뿌듯한 얼굴이다. 녹은 대패삼겹살 같은 살덩어리를 핀셋으로 뒤집어가며 우리 눈앞에 보여주신다. 의사 선생님의 진심이 담겼다. 처음이란 말이 죄송해야 할 '나'지만, 엄마가 웃으니 나도 좋다. 의사 선생님께 첫 영광까지 드렸으니 더할 나위 없다.

차창 밖으로 보이는 풍경이 새롭다. 수술방 잠시 들어갔다 왔는데, 그간 못 봤던 세상을 얻어 간다. 세상이 좋은 건지 돈이 좋은 건지, 딸이 좋은 건지 모르겠다. 며칠 더 머무르며 치료해야 하지만 한사코 집으로 가시겠단다. 신기하고 좋아서 안 보이던 테이프가 이제야 눈에 들어온 모양이다. 이 모습으로 퇴근할 사위를 볼 낯이 없단다. 나도 더는 붙잡지 않는다. 고속버스 타고 집으로 돌아가는 길, 엄마 눈이 조금씩 퍼렇게 멍이 들어간다. 이럴 줄 알았으면 선글라스라도 준비해야 했는데, 그 모양을 하고 돌아갔으니 보는 사람마다 입을 댔겠다.

집으로 돌아간 엄마는 가까운 병원에서 치료받았다. 경과가 궁금해 전화했더니 멍이 점점 시퍼렇게 번져 호랑이 눈이 되었다며 걱정이시다. 행여나 뒤탈이 있을까 봐 나도 걱정이다. 내 눈에 보이지 않으니 더 걱정이다.

얼마 후, 엄마를 보러 간 오빠가 반창고 다 떼어낸 엄마 얼굴을 사진 찍어서 보내줬다. 뽁뽁이에 꽁꽁 싸여 도착한 선물 상자를 풀어보는 기분이다. 뭐가 들었을까? 어떤 모양일까? 하지만 선물을 풀어보곤 실망했다. 예쁜 선물을 기대했는데 원하지 않는 선물이 들어있다. 인자한 엄마 얼굴이 표독스러운 시어머니 상으로 변했다. 축 처진 눈이 땡그라니 당겨 올라가 우리 엄마 같지 않다. 감아도 잘 감길 것 같지도 않다. 그런데도 엄마는 훤하다고 대만족이다. 걷어 내고 나니 다른 세상을 얻은 것 같다.

"심 봉사 눈 떴다 카드만, 내가 네 덕에 눈떴다. 내가 참말로 어찌 너를 낳았을꼬?"
또 레퍼토리 시작이다. 느지막이 낳은 딸은 늙음을 위한 보험이었을까? 엄마 말 들으면 자다가도 떡이 생긴다는데 딸 말을 듣고 보니 떡이 아니라 세상을 다 얻은 듯하다. 심청이 덕에 눈 뜬 심 봉사 같다.

축 처진 눈꺼풀을 오래도 달고 살았다. 아프지 않은 일이어서 그랬다지만 도를 넘는 눈꺼풀이었다. 늘 자식들 뒷전으로 미뤄두는 엄마의 삶은, 언제쯤이면 젤 우선이 될까? 언제쯤 당신 삶에 욕심을 부려 우리에게 바라는 게 생길까? 사사건건 요구하는 부모님들에 비하면 감사한 일이지만 안타까울 때가 많다.

어느새 시간이 또 한참 흘렀다. 억지로 올려둔 눈꺼풀은 또 심 봉사가 되어간다. 가만히 있으면 좋으련만, 또다시 길 떠날 채비를 한다. 붙들어 둘 수도 없고 막을 수도 없다. 그저 또 심청이 노릇을 하는 수밖에 없겠다.

헤어 에센스

잘 사 왔다. 사 오는 것까진 참 잘했다. 문제는 그다음이다. 시골 할머니들 주로 상대하는 화장품 가게 주인은 '머릿기름' 이란 말에도 헤어 에센스를 내놓을 줄 아신다. 동백기름을 머릿기름이라고 할 줄 아는 것만 해도 발전이다. 영어로 된 다른 이름이 있다는 것도 모르지만 설령 안다고 해봐야 화장품 가게 문을 열기도 전에 잊어버릴 게 뻔하다. 사야 할 걸 안 잊어버린 것만 해도 잘한 일이다.

가늘고 힘없는 머리카락은 젊어서도 모양 안 났지만 나이 들어 잦은 염색과 파마에 힘을 잃었다. 얇은데다 힘도 없으니 펄펄 날아다닌다. 윤기라곤 찾아볼 수 없다. 가뜩이나 주름 많은 얼굴을 더 생기 없어 보이게 한다. 에센스라도 바르면 좀 낫다는 걸 아니까 그것만 해도 다행한 일이다.

할머니들 우스갯소리로, 나이 들어 재수 없는 친구가 건강하고 머리숱 많은 친구라고 한다. 나도 어느새 숱 많은 친구를 볼 때마다 부럽다는 생각이 든다. 신발 장수 눈엔 신발만 보인다더니 TV를 보면서도 유달리 머리카락을 유심히 보는 나를 본다. 풍성한 머릿결 가진 사람이 이쁜 사람만큼이나 부럽다. 길어도 짧아도, 파마해도 풍성하니 탐이 난다. 얇고 가는 머리카락은 착 달라붙어 기르면 기를수록 더 형편없다. 그마저 드라이해서 힘껏 세워봐야 현관문을 여는 순간 다 숨이 죽어 버린다. 파마를 해 봐도 웨이브도 나오지 않고 어쩌다가 유명한 원장님 덕에 웨이브 좀 살았다 해도 사흘을 못 간다. 그 엄마에 그 딸, 내 머리카락도 엄마를 닮아 갈 테다.

5일장이 열리면 차 타고 내려간 김에 할 일이 많다. 병원에도 가야 하고 영감 먹일 장어도 한 마리 사야 한다. 옷도 한 벌 사고 싶지만 앞으로 몇 년 살지도 모르는데 자꾸 물건 사지 말라는 영감 타박이 생각난다. 오늘은 잊지 않고 머릿기름을 사야 한다. 단정하지 못하고 펄펄 날아다니는 머리가 못마땅하다. 열어둔 창문으로 바람이 불어오고 머리카락은 쓸데없이 나풀거린다.

집에 오자마자 머릿기름부터 열어본다. 뚜껑을 열어 안에 있는 비닐 마개를 떼어내고 머리에 발라본다. 이제까지 펄펄 날아가던 머리가 차분히 가라앉고 윤이 난다. 드디어 해결이다. 어차피 탐스럽지 못한 머리 펄펄 날리는 것보단, 차라리 달라붙어 있는 게 낫다. 그런데 문제가 있다. 조금만 나오면 좋을 텐데 이놈의 것이 한꺼번에 쭉 나오니 다시 밀어 넣어야 한다. 뭔가 해결책이 필요하다. 뚜껑에다 구멍을 하나 내면 될 것 같다. 자세히 보니 뚜껑 위에 동그라미 표시가 하나 있다. 여기다 구멍을 뚫으란 말인가 보다. 해결할 일이 생기면 자동으로 부르는 사람이 있다. 아빠다.

바통이 아빠에게 넘어왔다. 이 바닥에선 제법 한 머리 하시는 분이다. 아빠를 믿어본다. 과연 엄마의 요구대로 구멍을 뚫어 줄 수 있을까? 헤어 에센스가 갑자기 아프리카에 떨어진 콜라병이 되었다. 어디에 쓰는 물건인지, 어떻게 다뤄야 하는지 당최 알 수 없다. 경운기 만지고 방앗간 기계를 다루던, 거칠고 투박한 손이 조그마한 에센스 병 하나를 들고 어쩔 줄 모른다. 어디에다가 구멍을 내어야 할지, 무얼로 구멍을 뚫으면 좋을지 궁리한다. 젓가락을 불에 달구어야 할지, 송곳으로 뚫어야 할지 최고의 집중도를 발휘한다. 조금만 더 지체했다간 엄마 핀잔이 날아올 게 뻔하다. 하지만 돌려보고 뒤집어 봐도 모르겠다. 콜라병이 확실하다.

적재적소, 그때 마침 우리가 도착했다. 엄마는 딸, 사위가 온 것도 반갑지만 문제를 해결해 줄 귀인이 온 것 같아 더 반갑다. 짐을 풀어놓기 바쁘게 다가오신다. 에센스 병을 들고 와 동그라미 자리에 구멍을 하나 내 달라고 부탁한다. 사위는 왜 구멍을 뚫어야 하는지 이유를 묻는다. 엄마는 급한 성질을 누그러뜨리고 천천히 이유를 설명한다. 그 와중에 사위 하는 걸 잘 배워두라며 아빠까지 불러들인다. 에센스 병 하나에 셋이 달라붙었다.

상황을 이해한 남편은 오랜만에 박장대소한다. 근래에 가장 크게 웃은 날이다. 뚜껑에 있는 동그라미 모양은 구멍을 뚫으라고 있는 게 아니라, 여기를 누르란 뜻의 press였다. 한쪽을 누르면 반대편이 튀어나오면서 내용물이 나오는 구멍이 돌출된다. 사위는 커다란 장모 손을 잡고 여러 차례 실습한다. 그렇게 간단한 건지 몰랐던 엄마 아빠는 허무해 맥이 빠진다. 사위 보기 부끄럽고 어이없다. 엄마는 그 간단한 것도 모르는 당신을 '등신'이라며 자책한다. 이렇게 더 살아서 뭐 할 거냐고 죄 없는 목숨까지 갖다 붙인다. 아빠도 어이없어 콜라병만 보며 웃고 있다.

뚜껑, 그것은 듣지도 보지도 못한 원터치 마개였다. 젓가락이나 송곳으로 뚫는 것이 아니었다. 그건 한 번도 눌러볼 생각을 못 했다. 그것과 그것이 연관 있으리라곤 생각지도 못했다.

내 손으로 직접 구멍을 내야 한다고만 생각했다. 엄마는 그렇다 쳐도 아빠는 제법 똑똑한 사람이었는데 왜 이렇게 됐는지 모르겠다. 이까짓 것, 두 머리를 맞대도 해결이 안 된다.

전자레인지 용도에 맞게 잘 쓰시고, 화재 방지용 가스레인지도 잘 쓰신다. 그것보다 복잡한 쌀 찧는 기계도 잘 쓰신다. 자주 사용하고 손에 익은 물건들은 복잡한 것도 쓰시는데 신문물 앞에선 그냥 '부시맨'이 돼 버린다. 그야말로 쓰던 것만 쓰고, 먹는 것만 먹는 연세가 되었다. 새로움을 받아들이는 게 불가능한 일이 되어버렸다.

다시 아기가 돼 버렸다. 아기로 태어나고 자라서 거친 풍파도 다 헤치고 다시 원래 자리로 돌아가신다. 하나하나 모르는 것 가르치고, 음식도 해서 먹이고, 손잡고 외출하고, 어린아이를 돌보듯 보호가 필요한 연세가 되었다. 그러나 환갑이 넘은 오빠도 맨날 '얼라'고, 오십 다 돼 가는 딸도 맨날 어린애로 보시는 부모님이다. 맨날 어린애 같은 우리는 몸이 멀다. 몸보다 마음이 먼 건 아닌지 모르겠다. 다 팽개치고 아이를 돌봐야 하는 게 부모인데, 제 할 일 바쁘다고 아이를 돌보지 않고 있다.

엄마 아니면 아빠가, 아빠가 안 되면 엄마가, 당신들 둘이서 해결 못 할 일이 없었다. 천하무적 같았던 분들이 에센스 구멍

하나에 두 머리를 맞대도 해결을 못 하는 어린애가 되었다. 그 총명함은 다 어디로 사라진 걸까? 그 청춘은 다 어디로 흘러간 걸까? 내가 나이 들면 어떤 새로운 물건이 나와서 나를 기막히게 할까? 문명은 하루만 지체해도 따라가기 힘들게 변해가고 부시맨이 될 날이 점점 다가옴을 안다. 그날을 위해 두 분의 에센스에 측은지심을 발휘해야 함을 안다.

과거 청산

생일이었다. 남편은 뜬금없이 엄마 집에 가는 게 생일 선물이라며 가서 고기를 구워 먹자고 말한다. 그래, 비록 내 손에 쥐어지는 선물은 아닐지라도 엄마 집이라면 언제든 오케이다.

우리끼리는 잘 안(못) 사 먹는 소고기를 사 들고 2시간 반을 달려 엄마 집에 도착했다. 남편의 깜짝 선물처럼 엄마에게 소리 없이 방문했다. 자주 가지 못하니 미리 전화해서 필요한 물건 챙기는 게 정상적인 순서인데, 그 모든 과정을 생략했다. 집 앞에 도착해 주차하고 있으니 밭에 나갔던 엄마가 풋나물 한 줌을 손에 쥐고 들어오고 있었다.

딸은 딸인데, 온다는 연락도 없이 왔으니 엄마는 나를 보고도 믿기지 않는 표정이다. 놀란 눈과 반가운 목소리만 있을 뿐이다. 누가 보면 잃어버린 딸이 돌아온 줄 알겠다. 연락도 없이 온 딸이 반갑고 놀랍다. 딸을 데리고 와 준 사위도 고맙다. 쉬는 날에 뭣 하러 또 왔냐며 마음에도 없는 거짓 인사를 한다.

엄마는 사위를 대장이라고 부른다. 우리 집의 대장이란 뜻이다. 그러나 25년 전엔 대장은커녕, 지나가다 만나는 청년쯤 되는, 그보다 못한 그저 흔한 '자네'였다. 행여나 우리 가족이 될까 봐 자네보다 더한 표현을 알았다면 엄마는 분명히 그 호칭을 썼을 테다.

"자네, 다시는 우리 집에 올 생각 말게. 우리는 김 씨랑은 결혼 못 하네. 어서 돌아가게. 은자 아빠 오기 전에 어서 돌아가게."

문전 박대했다. 모진 시간이었다. 사랑이란 이름 하나로 견디며 결혼에 골인하기까지 대장의 수난은 계속되었다. 동성동본도 아닌 '김 씨'라서 안 된다는 이유를 그는 이해할 수 없었다. 또다시 먼 길을 방문했을 때도 또 마찬가지였다. 쟁취보다, 괜한 그의 고집이 스스로 내기를 걸었을지도 모를 일이다. 그러나 어찌 됐든 '자네'는 '김 서방'으로 호칭이 바뀌었고 그간 반대했던 마음의 짐은 오롯이 엄마가 떠안게 되었다. 시간이 흘러 어느새 이만큼이나 지났고 터지고 아문 지난 일이지만 엄마 마음속엔 숙제처럼 할 일이 남아있었다. 사실, 되돌려 생각해 보면 대장만큼 마음 아팠을 사람도 엄마였다. 남의 집 귀한 아들을 그렇게 돌려보냈으니 당신 아들 마음 아프게 한 것처럼 엄마도 미안하고 아팠을 테다. 나에게는 얼핏 사과하고 싶다는 뜻을 내비쳤지만, 마음만 뻔할 뿐 사위에게 미안했단 말을 하는 것이 생각처럼 쉽지만은 않았다.

상을 펴고 신문지를 깔고 고기를 굽는다. 집과 음식과 술을 좋아하는 그는 알아서 이 모든 걸 즐긴다. 연세 높으신 데다 두 분 다 커플 틀니를 사용하고 계시니 특별히 부드러운 부위를 먼저 올린다. 고기 굽는 사위를 보며 엄마는 미안한 마음 반, 고마운 마음 반을 꺼낸다.

"아이, 내가 김 서방한테 마음으로 맨날……. 있는데, 그참……."

오늘은 단단히 작정한 모양이다. 포문은 열었지만 쏟아지질 않는다. 아무 말이나 잘하는 엄마인데도 어쩐지 입이 떨어지지 않는다. 도움이 필요해 보인다. 죽고 나면 하고 싶어도 못 하니까, 할 말이 있으면 살아있을 때 하는 거라고 엄마를 부추긴다. 엄마 맘 뻔히 알고 있는 내가 엄마의 짐을 재촉한다. 어서 가라고 등을 떠민다.

드디어 쏟아진다.

그때, 집에 들어오지도 못하게 해서 얼마나 화가 났느냐고, 나 같으면 다시는 안 왔을 텐데 또 왔느냐고, 반대해서 미안했다는 말을 쏟아낸다. 가만히 듣고 있던 아빠도 거든다. 나 같아도 다시는 안 왔을 텐데, 어찌 또 왔냐고 그날을 회상하신다. 개떡같이 말해도 찰떡같이 알아듣는다. 미안했다는 말은 한마디도 하지 않았는데 사과로 알아듣는다. 대장은 그저 웃는다. 횡재한 날이다. 길 가다가 생각지도 못한 돈을 주운 기분이다. 꽁하고 있는 사람도 아니지만, 듣고 보니 그냥 기분 좋은 말이다.

갑자기, '니 여한이 없제?'라고 묻던 《토지》의 용이 생각이 난다. 대장도 여한 없다. 기억력도 나쁜 데다 과거에 집착하지 않는 사람이다. 잊고 있던 기억을 꺼내며 사과도 한가득 안겨주신다. 기분 좋다. 고기며 술이 술술 넘어간다.

엄마는 마지막 할 일이 남았다는 듯, 사위에게 술을 따른다. 술 못하는 엄마가 술을 따르는 일은 대단히 예의를 갖추는 일이다. 오늘 사위에게 서낭당에 기도드리듯 정성을 들인다. 엄마에겐 큰일이고 중요한 날이다. 지켜보는 아빠도 뿌듯한 그림이다. 장모가 오늘 장모 값한다고 흐뭇해하신다. 공범인 아빠도 사과에 동참한다는 뜻을 괜한 장모 치받들기로 대신한다.

엄마도 기분 좋고 남편도 기분 좋다. 넷이 술잔을 부딪치며 웃는다. 술도 맛나고 안주도 좋다. 이 정도면 상황이 정리된 것 같다. 나도 피해자지만, 교통정리도 내가 한다. 다친 사람 아무도 없고 모두 무사하다. 됐다. 그렇게 반대했던 총각이 무심한 듯 묵직이 내 곁에, 우리 곁에 있으니 엄마는 감사하고 미안하다. 오래전부터 사과하고 싶었으나 당최 입이 떨어지지 않았다. 행여나 그동안 불상사는 생기지 않을지 늘 노심초사했을 테다. 이만큼 세월을 보내고 나니 안심이 되는지 오늘에서야 마음을 내신 것이다. 고기도 술도 두 배나 맛나다.

불면증으로 고생하시는 두 분이 다음 날 아침이 되자, 깨지도 않고 아침까지 주무셨다며 신기하다고 하신다. 해묵은 짐 하나가 떨어져 나간 모양이다. 그동안 머릿속에 있던 고민 하나를 지워낸 모양이다. 25년 전 그날, 문 앞에서 총각을 돌려보내고 오며 엄마가 한 말이 쟁쟁하다.

"눈이 초롱초롱하니 총각은 됐던데⋯⋯."

김 씨만 아니라면 욕심냈을 총각을 단지 김 씨라서 밀어냈다. 아까운 총각을 놓치는 것 같기도 했을 테다. 고모처럼 언니들처럼 난데없는 징크스로 내 딸이 비극의 주인공이 될까 봐 밀어내던 총각이었다. 이만큼 살고 보니 징크스의 유효기간은 지났다고 판단하신 모양이다. 소리 없이 살아주고 걱정 끼칠 일 없이 살아가니 안심인가 보다.

'시간이야말로 신(神)이다.'라고 말 한 박완서 님의 글이 생각난다. 징크스를 깨기 위해 묵묵히 시간을 보내고 견뎠다. 시간은 신과 같이 우리의 어려움을 도와주었다. 우리가 청산한 빚이 아니라 시간이 해결해 준 빚이다. 잊고 포기한 돈이었는데 25년이 지나 빚을 청산했다. 그야말로 횡재다. 늦어 미안하다며 이자까지 두둑이 얹어 주신다. 갚을 거 다 갚고 받을 거 다 받고 깨끗이 정리했다. 드디어 우리 모두의 과거를 청산했다.

아카시아 미용실

　오랜만에 비 오는 아침, 오늘은 무슨 일이 있어도 커피 한 잔 마시러 가야겠다. 할 일은 많지만, 오늘은 커피가 우선이다. 초록빛이 더 짙은 초록색이 되었다. 비 온 후 세상은 목욕하고 나온 아이 같다. 촉촉하게 젖은 몸은 본연의 색을 더 짙어 보이게 한다. 며칠 심하던 황사와 송홧가루마저 다 씻어 낸 듯하다. 비로 젖은 바닥엔 누런 송홧가루가 지도를 그리고 있다.

　내 갈증에 친구가 시간을 내준다. 전화 끊고 5분도 채 안 돼 만날 수 있는 친구가 있다는 게 감사하다. 입던 옷을 그대로 입고 나가도, 세수하지 않고 대충 가리고 나가도 내 허물을 탓하지 않는다. 비 온 길을 걸어 카페를 찾아가는 것도 나쁘지 않다. 굳이 커피 맛을 찾아 남의 동네까지 걸어간다. 만난 지 며칠 되지도 않았는데 할 말은 또 켜켜이 쌓여 있다.

대학교 교정에 다가갔을 무렵이다. 마스크 사이로 낯익은 향기가 스며든다. 바로 떠오르진 않지만, 기억 속에 있는 향이다. 걸음을 멈추고 냄새를 떠올리지만, 기억 속에 잠자는 향을 찾아낼 수 없다. 기억과 후각이 무디어졌음을 다시 확인한다. 사방을 둘러본다. 아, 아카시아다. 어느새 아카시아가 피었구나. 벌써, 아직 5월도 아닌데.

활짝 핀 꽃이 비에 젖어 고개를 축 늘어뜨리고 있다. 가지가 축 처져 풍성한 열매를 달고 있는 과일나무 같다. 좌절한 듯, 힘겨운 듯, 툭 어깨를 떨어트린 퇴근길 직장인 같다. 친구는 저 꽃이 아카시아란 걸 오늘에야 알았단다. 한 번도 도시를 벗어나지 않고 산 증거다.

'아름다운 아가씨 어찌 그리 예쁜가요, 아아아~ 아카시아꽃' 사춘기 소녀처럼 껌 광고 노래를 자연스럽게 부르고 웃는다.

이맘때만 열리는 미용실이다. 친구랑 나랑 번갈아 가며 미용사가 된다. 아카시아꽃은 꿀벌을 부르고 우리도 저절로 잎사귀를 따라 간다. 윙윙대는 꿀벌들 소리를 들으며 길고 통통한 줄기 한 주먹씩을 따 와서 동그란 잎사귀를 떼어낸다. 그냥 떼어내면 심심하니, 가위바위보를 해서 이긴 사람이 딱밤을 먹이고 잎을 떼어낸다. 어떨 땐 한 번에 하나도 못 떼어내지만 어떨 땐 두 잎이 한꺼번에 떨어지기도 한다. 양옆으로 벌어진 잎사귀를

다 떼어내는 것도 한참 걸린다. 승자도 패자도 없다. 파마를 위한 전초전에 불과하다.

아직 여물지 않은 여린 줄기는 쓸모가 없다. 머리를 말고 지탱할 힘이 없다. 너무 뻣뻣한 줄기는 반으로 접으면 툭 부러져서 쓰지 못한다. 적당히 탄력 있는 줄기여야 접어도 부러지지 않는다. 반으로 접은 줄기 사이로 머리카락을 넣고 아래로 돌돌 말아 올린다. 머리 뿌리까지 단단하게 말고 나면 동그랗게 모아 줄기 사이에 끼워 고정한다. 손님은 미용사가 머리 말기 좋도록 줄기를 깨끗이 다듬어 손에 들고 기다린다. 뒷머리부터 옆머리까지 한 줄씩 몇 고랑을 만들어야 파마가 완성된다. 옆머리를 바짝 말아 올리니 쭉 찢어진 여우 눈이 된다. 온통 동그랗게 말린 머리에 줄기 끝이 삐죽삐죽 튀어나와 있다. 이제 파마가 잘 나오길 기다리면 된다. 중화제는 물론 보자기도 없다. 누가 보든 상관없다. 부끄러운 일은 더더욱 아니다. 머리를 말고서 온 동네를 뛰어다닌다.

두 시간쯤 지나면 미용사처럼 파마 하나를 슬쩍 풀어 상태를 확인한다. 아직 마음에 드는 파마가 안 됐다. 다시 말아 올리고 더 놀아야 한다.

딱 한 번만 파마 해 달라고 졸라도 엄마는 들어주지 않았다. 먹고 살기도 바쁜데 멀쩡한 머리에 파마할 형편이 아니었다.

괜한 부탁을 하고 괜스레 마음만 상한다. 할 수 있는 건 아카시아 파마밖에 없었다. 우리 마음은 우리가 잘 알아서 아카시아 파마에 더 정성을 들었다.

하나씩 줄기를 풀어본다. 꼬불꼬불한 게 제법 파마에 가깝다. 금방 풀어져 버릴 게 뻔하지만, 마음은 미용실에 다녀온 듯하다. 머리를 흔들면 풀어질까 봐 조심한다. 손도 대지 않고 보기만 한다. 머리도 감으면 안 된다. 하지만 수고는 길고 만족은 오래가지 않는다. 엄마처럼 내일, 모레까지 가는 파마이면 좋겠지만 물먹은 솜처럼 금방 주저앉아 버린다.

마을 앞 큰길 건너에는 이발소가 있었다. 심심하면 이발소에 침입해 빙글빙글 돌아가는 의자에 앉아 따분한 시간을 보냈다. 그것만 해도 즐거웠다. 그러던 어느 날, 심심해진 언니들이 일을 벌였다. 이발사 놀이 하자며 나를 앉히고 머리를 자르기 시작했다. 밥풀이 묻었다며 군데군데 자르기 시작했다. 내가 이발사를 해야 했는데, 손님이 된 건 아직 가위질에 서툴러서인지도 모른다. 지금도 머리만 만져주면 잠이 오는 걸 보면, 그때도 언니들이 머리를 자르자 금방 잠이 들었는지도 모른다. 눈을 떠 거울을 보니 내 머리가 빡빡 대머리가 되어 있었다. 잘 자르지도 않은 그야말로 '영구' 말이다.

대여섯 살, 어린 나는 부끄러워서 머리를 감싸 쥐고 숨어서 집으로 돌아갔다. 집 앞에서 놀란 엄마가 누가 이렇게 잘랐느냐고 소리치며 물었다. 나는 무섭기도 하고 부끄럽기도 해 경운기 뒤로 숨어버렸다. 언니들은 아마도 엄마에게 혼이 났을 테다. 딸을 그렇게 만든 언니들을 엄마가 가만뒀을 리가 없다. 나는 내 머리도 감당이 안 돼 언니들이 어떻게 됐는진 기억이 없다.

그 모습이 사진으로도 고스란히 남아있다. 오빠들이랑 비슷한 빡빡머리를 하고서 오빠들 틈에 홍일점으로 끼어있다. 우리 마을에서 제일 오래된 '애믄당' 나무 앞에서 사촌 오빠, 우리 오빠들이랑 같이 찍은 사진이다. 푸른 잎이라곤 하나도 없고 잎이 휑한 걸 보면 아마도 설이 지나고 봄이 오기 전인가보다. 오빠들은 모두 체육복을 입고 있고 나는 한복을 입고 오빠 무릎에 앉아 있다. 한복에 어울리는 땋은 머리가 아니라 오빠들과 비슷한 더벅머리다.

엄마는 아들 넷 다음으로 태어난 나에게 그동안 해 보지 않은 소꿉놀이를 했던 건 아닌지 모르겠다. 빨간 한복을 사 줬고 작아지기 전에 많이 입으라고 했을 것 같다. 아니면 내가 고집을 부렸을지도 모른다. 설날도 아닌 것 같은데 연두저고리에 빨강 치마 한복을 입고 있다. 오빠 무릎에 다리를 쩍 벌리고 앉아 한복 속에 빨강 바지가 다 드러난다. 춥다고 바지를 입힌 모양이다. 빨강 치마에 빨강 바지, 거기다 빨강 털신도 보인다. 시큼털털한 아들들만 키우다가 알록달록 이쁘게 키우고 싶었을 엄마의 정성이 보인다.

그 사진 한 귀퉁이에, 서 있는 오빠들 뒤로 이발사 놀이에서 주인 역할을 했던 그 언니의 몸이 반쯤만 나왔다. 사진기를 들고 온 사촌오빠가 놀고 있는 우리에게 사진 찍으러 다 모이라고 했다. 언니랑 놀던 나도 사진을 찍기 위해 달려갔다. 같이 놀던 언니에게 너는 임 씨가 아니니 저 뒤로 나가 있으라고 했다. 이발소에선 꼼짝도 못 하던 아이가 오빠들 믿고 배짱을 부렸나 보다. 지금의 이 배짱이 이미 그때부터 있었나 보다. 어린 언니가 느꼈을 소외감이 40년이 훨씬 지나서야 헤아려진다. 웃고 있는 우리 뒤에 빼꼼히 보이는 바짓자락이 웃음을 더한다. 같이 찍었어도 아무 상관없었을 걸 굳이 밀어낸 어린 날 빡빡머리의 당참이 우습다.

50년 가까운 내 역사가 새록새록 떠오른다. 이렇게 많은 사건이 있다는 걸 알지 못했다. 50번에 가까운 봄을 보냈고 50번에 가까운 겨울을 보냈다. 한 계절에 한 가지 기억만 남아도 봄 시리즈 50편을 쓸 수 있다. 하지만 모든 날이 다 기억나지 않고, 모든 날이 다 저장되지도 않았다. 남은 기억은 내게 '사건'이었음이 틀림없다.

아카시아 미용실은 초등학생 때의 봄날이고, 빡빡 대머리는 대여섯의 겨울이었다. 그건 내 역사에 911테러 같은 사건이 었고 지금도 지울 수 없는 기억이자 추억이다. 놀라고 당황스러웠던 기억마저 추억이 되어 있는 걸 보니, 어쩌면 앞으로 다가올 놀랄 일도 별일이 아닐지도 모르겠다. 마흔아홉의 봄날은 또 어떤 기억으로 남겨둘지 과거가 될 오늘을 채워간다.

엄마 옷은 어디에

수업을 마치고 나오니 엄마한테서 전화가 왔다. 안부 전화도 아니고 약을 보내 달라는 부탁 전화도 아니다. 좀체 주저함 없는 엄마가 머뭇거리는 게 뭔가 어려운 부탁이 있는 모양이다.

'누빔인데 반들반들한 거, 무릎까지 오는 거, 단추 있는 거, 검은색에 품 큰 거.' 옷을 사 달라는 부탁이다. 이러저러한 조건을 말씀하시는데 조건이 여간 까다롭지 않다. 어려움이 예상된다. 과연 이 조건을 만족하는 패딩이 얼마나 있을까? 까다로운 조건을 나열하면서도 '다른 건 다 필요 없고 그냥 정우성'하는 이상형처럼 간단히 말씀하신다. 아이고 머리야.

늙어도 여자는 여자다. 엄마는 나랑은 달라 갖고 싶은 게 많다. 요구하는 조건이 까다로워 사진을 찍어서 보내달라니 시장에서 다른 할머니가 입고 있는 걸 봤단다. 골치 아픈 사건 맡은 형사처럼, 통과하기 어려운 숙제를 받았다.

살면 얼마나 산다고 자꾸 옷 살 거냐는 아빠의 핀잔이 제일 문제다. 아빠는 이미 몇 년 전부터 물건 사는 일에 간섭하신다. 있는 옷이나 입고 아무것도 들이지 말라고 강조하신다. 다리가 불편하니 버스 타고 시장 가기도 어렵다. 마음에 드는 물건을 찾기도 어렵지만, 그것보다 더 문제는 아빠 눈치다. 그러니 필요한 물건이 있으면 간혹 나에게 부탁하신다. 내가 사 보낸 거라고 하면 아빠도 어쩔 수 없는 일이다.

감이랑 콩이랑 넣어 택배 포장하면서 슬쩍 봉투 하나를 집어넣는다. 은행 가서 이체하는 건 하지도 못할뿐더러 아빠에게 탄로 날 일이다. 택배를 은행만큼이나 믿고 감 상자에 넣어 보낸다. 아빠에겐 비밀이다. 택배 상자는 이리 치고 저리 치이며 도착했다. 감보다 더 비싼 봉투가 들어있다. 20만 원이다. 당신 것만 사달라기 미안했는지, 내 것도 하나 사란다. 인심은 쓰셨는데 배 여사, 턱도 없어라. 미안해서 보내셨겠지만, 인심과 진심을 의심하게 된다.

말만 들어도 머리가 아프다. 안 그래도 시간 없어 허덕이고 있는데 골치 아프게 생겼다. 게다가 한두 가지 조건이 아니다.

솜씨가 있다면 차라리 내가 만드는 게 빠르겠다. 기성복을 부탁하면서 맞춤을 요구하신다.

여기저기 둘러봐도 딱 맞는 옷이 없다. 길이가 맞으면 색이 안 맞고 색을 맞추면 단추가 없고, 젖이 큰 엄마 품 맞추기도 쉽지 않다. 늙어서 살도 빠지고 품이 작아졌는데, 축 처진 젖가슴이 크기를 잡아먹는다. 차라리 부산으로 모셔 오는 게 더 빠르겠다. 안에 입는 티셔츠라면 좀 안 맞아도 상관없지만, 외투는 다르다. 한나절을 고르고 골랐다. 100점은 도저히 어렵겠고 80점에 맞춰 택배를 보낸다. 사장님껜, 죄송하지만 교환할 수 있다고 미리 양해를 구한다.

택배를 받은 엄마에게서 전화가 왔다. 품만 맞으면 입겠는데 역시나 작단다. 이젠 살도 다 빠지고 통통하지도 않은데 말이다. 아, 이젠 어디를 가야 하나? 품을 맞추면 길이가 또 길어진다. 그것도 곤란하다. 시어머님께 여쭤보니 지하상가에 할머니 옷 파는 곳을 알려주신다. 지하상가 돌아다닐 생각을 하니 고등학교 때 엄마랑 사파리 점퍼를 샀던 그날이 떠오른다.

그날, 무슨 일이 있어 간 건지 엄마랑 진주에 갔다. 볼일을 보고 지하상가를 지나가는데 엄마가 나더러 옷을 입어 보라고 한다. 생각지 못한 일이다. 지금도 기억나는 황토색 사파리 점퍼다. 입어 보니 그럭저럭 마음에 들었다. 엄마 눈에도 들었나 보다. 그때부터 엄마의 사기꾼 같은 흥정이 시작됐다. 내 기억에 가격이 32,000원쯤이었는데 터무니없는 가격을 요구한다. 그러면서 아직 사지도 않은 옷을 주섬주섬 엄마 쪽으로 챙겨 넣는다. 옷은 이미 챙겼으니 엄마가 갑이 되었다. 엄마 특유의 사람 잡는 유머가 있다. 주객전도, 잡은 물고기는 놓치지 않는다. 작전은 시작되었고 돈은 있어도 없다. 얼토당토않은 고집을 부리며 주인아저씨의 기를 쏙 빼놓는다. 그때 만약 핸드폰이 있었더라면 나는 아마도 그 자리를 도망쳤을 테다. 엄마는 능글능글하다 못해 아예 뻔뻔하다. 부끄럽고 낯 뜨거워 그 자리에 있을 수가 없다. 아마도 절반이나 싹둑 자른 가격에 옷을 샀을 테다. 그마저도 집에 갈 차비가 모자란다며 2,000원을 더 뺐던 기억이 있다. 어린 내가 봐도 너무 한 엄마였다. 엄마는 승리감에, 주인은 황당함에 서로 웃으며 헤어졌다. 흥정도 잘했고, 옷도 마음에 든다. 엄마 발걸음이 가볍다. 진주 온 값을 톡톡히 했다. 터미널로 향하며 내 손을 꼭 잡으시며 씩 웃는다. 절레절레 고개를 흔들었을 주인아저씨에게 기억에 남는 손님이 될 것 같다.

고등학교 땐 다른 지역에서 온 아이들이 몇 명 있었다. 그 애들이 우리에겐 도시 아이들이었다. 시골 아이들이 입지 않은 유명상표 옷을 입고 마이마이 이어폰을 끼고 다니며 도시 냄새를 풍겼다. 한복을 벗고 짚신을 던져 버리듯 우리에겐 낯설고 새로운 모습이었다. 점심 도시락으로 샌드위치라는 걸 싸 오고 선생님 눈에 들키지 않게 롤 파마하는 이상한 애들이었다. 샌드위치가 밥이 된다는 것도 신기했고, 들키지 않는 파마가 가능하단 것도 우리에겐 신세계였다. 낯설어서 가까이하기 어려웠지만, 꼭 한번 따라 해 보고 싶은 부러움이었다.

한참 멋을 부리고 싶었던 내게, 드디어 바지를 살 기회가 왔다. 도시 아이들처럼 메이커 바지를 입겠다고 고집을 부렸다. 박중훈이 광고하던 뱅뱅 청바지를 입고 싶었다. 꼭 이만 원이 필요하다고 말했지만 만 오천에서 돈은 더 나오질 않았다. 며칠간 아빠를 설득해 오천 원을 더 얻어내는 데 성공했다. 뱅뱅 청바지를 사러 갔다. 그러나 막상 가서 보니 이쁜 건 모두 이만 원이 넘었고 돈에 맞추려니 맘에 안 드는 색을 사야 했다. 모델이 입은 것처럼 청색을 사고 싶은데, 내 돈에 맞는 건 회색밖에 없었다. 할 수 없이 그걸 사 들고 나오며 입이 툭 튀어나왔던 그때 생각도 난다.

어느새 시계가 이만큼 돌아 내가 엄마 옷을 사고 있다. 몇 차례 옷을 사 드렸지만, 엄마가 원하는 옷을 사려니 딱 맞는 옷이 없다. 시골에서 산 엄마 옷은 늘 터무니없이 비싸다. 비싼 돈 주고 샀는데도 불구하고 늘 허접하다. 내가 산 가격을 말하면 엄마는 싼데도 좋다고 놀랜다. 시골 할머니들이 돈을 잘 쓰진 않지만, 은근히 돈이 많다. 그러니 상인들은 흥정해 주더라도 일단 비싼 값을 부르고 본다. 정찰제가 아니다 보니 부르는 게 값이고 물건은 옳지 못할 때가 부지기수다. 그리고 세상의 엄마들은 대부분 까다롭다.

내일 또 어디로 가서 엄마 옷을 봐야 할까? 어머님이 말씀하신 곳엔 과연 엄마 옷이 기다리고 있으려나? 보통 까다로운 게 아니다. 딸로 태어난 죄다. 하나밖에 없는 죄까지 뒤집어쓴다. 어떻게든 내일은 성공해서 보내야 내 머리가 가벼워진다. 그래도 이런 고민할 수 있는 때가 감사하단 걸 안다. 나중엔 사드리고 싶어도 보낼 곳이 없어질 테다. 툴툴대지 말고 좋은 마음으로 가자. 내일은 꼭 사서 택배를 보내자. 다시 돌아오지 않도록 우리 집 주소를 지워버리자.

우산 쓴 남자와 프리마돈나

우산 쓴 남자를 처음 만난 건 초등학교 3학년쯤이다. 친구 집 바로 옆에 친구의 외할머니 집이 있었다. 할머니는 일찍이 할아버지를 여의고 큰딸 곁에서 외손주들을 돌보며 혼자 살고 계셨다. 할머니 집에 가면 우산 쓴 남자가 있었다. 비료 포대를 잘라 그 속에 방석을 하나 넣어 두셨다. 그곳이 바로 그 남자가 사는 집이다. 빨간 외투에 까만 모자를 썼다. 비도 오지 않는데, 파란 우산을 쓴 의미심장한 남자. 12월 비광, 그 속에 우산 쓴 남자가 있다.

눈썰미가 있어 짝 맞추기엔 일가견이 있었다. 겨울방학이 되면 아침을 먹고 일찍이 친구 집으로 간다. 할머니 집에 가기 위해 친구를 데리러 간다. 그곳에서 친구랑 나는 화투 놀이를 했다.

고스톱은 몰랐지만 같은 그림 맞추기는 잘했다. 조금씩 다른 네 장을 모아 점수를 매겼다. 친구는 외할머니의 심오한 동양화 예찬에 어릴 적부터 익숙해진 탓일까? 그림에 재능을 보이기 시작했다. 소질을 익혀 결국 미술 선생님이 되었다. 아침부터 시작한 화투 놀이는 동네가 떠나갈 듯 나를 부르는 엄마 목소리가 들려야 끝이 났다. 지겨운 줄 모르고 비비적거리던 동양화 예찬은 어느 날 찾아온 우리의 사춘기와 함께 서서히 식어 갔다.

참 별일이 다 있다. 새해 첫날, 'preMadonna'라는 닉네임을 가진 블로그 이웃이 비밀 댓글을 남겼다. 겨울방학이라 아이 데리고 친정에 왔단다. 남포동 엄마 가게에 날 위한 선물을 두고 가니 나오는 길 있으면 꼭 찾아가라는 글을 남겼다.

온라인 세상 속 이웃이 현실의 친구가 되어간다. 댓글로 공감하고 소통한다지만, 얼굴도 본 적 없는데 별난 사람들도 참 많다. 하긴, 지난여름에도 '샨띠정' 언니가 부산으로 휴가와서 만나기도 했다. 크리스마스엔 미국에 사는 '밤 호수'가 연하장을 보내 깜짝 놀란 적도 있다. '꿀벌 아빠'는 글 구독료라며 직접 키우는 벌꿀을 보내왔고, '라라' 언니는 커피와 엽차를 보내오기도 했다. 블로그 생활이 익숙해지지만, 아직도 낯선 모습이다. 날 위한 선물이라니, 뜬금없지만 외면하지 못하겠다. 오늘 오후에 나가 보겠다고 했더니 선뜻 만나자고 연락이 왔다.

그녀, 이웃 된 지 얼마 되지도 않았다. 프리마돈나라는 이름이 주는 자신감일까? 낯가림 없는 성격 탓일까? 첫 댓글에 폭탄 그림을 쏟아 놓으며 애정의 댓글을 마구마구 쓸 거라는 암시를 해 첫인상이 강렬하게 남은 이웃이다. 센 언니에겐 세게 나가야 한다. 나도 남의 집에 폭탄 투하한 죄를 고소할 거라고 으름장을 놓으며 첫인사를 나눴다. 그런 그녀가 나를 위한 선물을 준비해 놓을 줄은 상상도 못 했다. 연락처를 주고받고 엄마 가게에서 만나기로 했다. 작고 동그란 얼굴에 머리를 질끈 묶었다. 화장기 전혀 없는 다섯 살 봄이 엄마, 뜨개질에 재미가 들려 여러 가지 모양의 수세미를 뜨고 이야기도 뜨는 여자, 엄마가 만들어 준 밍크 조끼를 입은 아직 앳돼 보이는 그녀. 온라인으로 댓글을 주고받다가 만나서 그런지, 낯가리지 않는 둘의 성격 탓인지 그다지 어색하지 않은 첫 만남이었다.

올해 마흔이 되었다는, 진정한 꽃보다 마흔, 오늘 막 마흔에 들어 아직 삼십 대에 더 익숙한 그녀를 보니 내 마흔아홉과의 거리가 꽤 멀어 보인다. 새삼스레 젊음이 부럽다는 생각이 든다. 아이 키우느라 그동안 잊고 있던 자신을 블로그 글쓰기를 하면서 찾아가는 중이라고 한참 재미가 들려 들뜬 목소리다. 학창 시절 도서부에서 왕성한 활동을 하고 꿈을 키웠다는 그녀, 지금은 주로 서평 쓰기를 하는데, 그동안 잊고 있던 꿈을 찾은 느낌이라며 생기가 전해진다. 첫 만남이라 느껴지지 않는 수다다.

꽃보다 마흔, 처음 블로그를 시작하던 나의 마흔도 생각났다. 그저 일기장처럼 소소한 이야기를 쓰느라 이웃도 없었고 블로그란 생태엔 문외한이었고 그저 끄적거리기만 했다. 사춘기 아이들이 방황하며 자라듯, 우리의 마흔도 적잖은 방황을 하는 나이라는 생각을 꽃다운 그녀를 보며 했다.

어머님이 하시는 가게는 민속 예술품 가게였다. 주로 외국인들 상대로 하는 한국 전통 상품을 파는 곳이다. 수묵화 부채, 한복 장식품, 복주머니, 각종 열쇠고리, 엽서, 칠기 나비장, 각종 공예품 수십, 수백 가지 물건이 바닥에서부터 진열대는 물론 천장까지 매달려 있다. 갖가지 종류를 구경하는 것만도 한참이 걸린다. 그야말로 없는 것 빼고 다 있는 만물상회다. 고객은 대부분 외국인 관광객이다. 평생 가게를 해 오신 어머님은 영어, 베트남어, 중국어 등 각국 언어로 고객을 상대하고 계산도 척척 하신다. "저스트 모먼트!" 하시며 서비스를 주기도 하셨다. 코로나로 손님이 줄어 고민이 많다고 하지만 우리가 앉아 이야기 나누는 동안 제법 많은 손님이 오고 갔다.

넷째 큰아버지 집에 놀러 가면 다른 큰집에는 없는 화투가 있었다. 큰아버지는 혼자서도 화투패를 가지고 놀았다. 같은 그림끼리 세로줄을 세우며 시간을 보내곤 했다. 그러던 어느 날 나에게 짝 맞는 그림을 가르쳐주셨다. 큰집에서 자고 일어나면 복습하듯 혼자서 그림을 맞춰 보았다. 짝이 헷갈리면 아직 일어나지도 않은 큰아버지를 흔들어 깨웠다. 이것과 이것이 같은 거냐고 물었다. 큰아버지는 아마 내가 큰 인물이 될 줄 알았을 테다. 이렇게 학구열 높은 아이는 본 적이 없다는 듯 씽긋이 웃으며 가르쳐 주셨다. 그 열의를 교과목에 좀 부렸어야 했는데, 미처 거기까진 이르지 못했다.

친구네 외할머니 집은 월반이다. 짝을 맞출 줄 알게 되자 규칙을 조금만 대입하니 게임이 되었다. 친구는 할머니에게 배웠고 나는 큰아버지에게 배웠으니 설명 필요 없이 바로 실습에 들어갔다. 할머니는 비료 포대에 딱 맞는 방석을 골라 포대 속에 방석을 넣어두셨다. 꽤 괜찮은 아이디어였다. 반들반들해서 화투패를 비비기에 좋았다. 한쪽 면은 뚫려있으니 다 놀고 나면 그 속에 화투패를 집어넣으면 그만이다. 놀이와 정리가 한 방에 끝이 나도록 해 두었다. 그때의 반들반들한 비료 포대 촉감이 느껴지는 듯하다. 닳고 닳은 화투패 모서리가 손에 쥐어지는 듯하다.

한동안 잊고 있었던 동양화를 거기서 만났다. 진열장 한 곳을 자리 잡고 앉은 우산 쓴 남자, 12월 비광, 한국을 대표하는 동양화. 3광에 끼이면 2점밖에 쳐 주지 않아 대접을 못 받지만 5강의 힘은 막강하다. 똥광만은 못 하지만 고도리를 거느리는 광이라 절대 무시할 수 없는 패다. 새빨간 오버를 입은 그 남자와의 조우, 마돈나를 만난 듯 반가웠다. 그런데 과연 외국인들이 이 동양화의 쓰임을 알고 사 가는지, 한국 미술품으로 알고 사 가는지 그것이 궁금하다.

우산 쓴 남자와 프리마돈나, 동양과 서양의 만남이 블로그를 통해 이루어졌다. 귀찮음과 애정이 공존하는 공간 블로그, 이 공간에 오늘 색다른 재미가 숨을 불어넣어 준다. 국제시장 한 민예 가게에서 만난 그녀 덕분에 돌아가신 큰아버지와 친구네 외할머니와 어릴 적 나를 만났다. 며칠 재미나게 갖고 놀 화투패를 선물 받은 듯하다. 오늘 그녀와의 시간은, 잊은 줄 알았던 기억을 가져왔고, 또 먼 훗날에 기억될 잊지 못할 하나의 추억이 되었다.

고래 싸움에 새우

딸의 쓸모.

신은, 아들 많은 이 집안에 나를 보내주면서 사명 하나를 주
셨다. 아들들이 해야 하는 묵직한 책임과 의무 대신, 재롱을 떨
고 침대에 누워 소곤소곤 이야기를 주고받는 작지만 큰 역할을
주셨다. 딸만이 할 수 있는 일이다. 딸 낳기를 간절히 원하시던
아빠의 바람에 걸맞은 쓰임새다.

부모님 댁에서 자고 일어나면 바로 안방으로 간다. 아직 누
워 TV 보고 있는 아빠 뒤로 가서 꼭 껴안고 이야기를 나눈다.
영감 냄새가 나지만 그래도 좋다. 가족들이 모이면 밤늦도록
이야기를 나누는데 허리가 아파 금방 누우러 들어가는 아빠다.
어젯밤 뒷이야기도 전해 드리고 우리 사는 이야기도 해 드리고
아빠에게 물어보고 싶은 것들도 있다.

살아오면서 후회되는 게 뭐가 있냐고 묻는다. 돌아가시면 물을 수도, 들을 수도 없는 얘기다. 아빠는 기다렸다는 듯, 운전과 컴퓨터라고 말씀하신다. 묻자마자 답이 나오는 건 그만큼 아쉬움이 크다는 얘기일 테다.

나도 운전을 못 하고 컴퓨터도 기본적인 기능밖에 쓰지 못한다. 그러나 도시엔 내 차를 대신해 줄 차가 많고 남편이 운전하니 웬만한 건 다 해결이 된다. 그러나 하루에 버스 3번만 들어오는 산골에선 차가 없어 불편한 것들이 많다. 나이가 있으시니 무거운 짐도 한몫하고 취미생활을 하려 해도 읍으로 나가야 하니 교통 때문에 포기하시는 경우가 많다. 서예 교실은 오토바이로 이동할 수 있지만, 향교랑 복지관은 오토바이로 갈 수 있는 거리가 아니다. 복지관에 가면 컴퓨터랑 핸드폰 등 배우고 싶은 프로그램이 몇 가지 있지만, 교통 때문에 그마저도 어렵다고 하신다. 평생 유일한 이동 수단이 경운기와 오토바이였다. 연세도 드시고 농사도 손 놓고 나니 경운기를 몰고 나갈 일도 없다. 설령 있다 치더라도 덩치 큰 기계가 말을 듣지도 않는다. 오토바이도 이동 거리가 제한적이고 엄마를 태우고 다니기에도 불편하다. 엄마에게 나이 들면서 한글이 더 필요해진 것처럼, 아빠도 연세 드시니 더 절실해지는 게 운전이다.

컴퓨터는 더하다. 컴퓨터가 농부에게 필요할 거라곤 상상도 못 해 봤다. 농사일에 컴퓨터를 대입하진 못하더라도 세상 돌아가는 거라도 볼 수 있으면 좋겠다. 가상공간은 이해도 안 될 뿐더러 도저히 따라가질 못하겠다. 옆에서 가르쳐 주는 사람도 없으니 혼자선 엄두가 안 난다.

아빠 이야기를 전해 들은 남편은 그 말을 흘려듣지 않았나 보다. 짠했나 보다. 진작 알아주지 못한 게 미안했나 보다. 인터넷 검색해서 싸고 좋은 걸 잘 고르는 남편이다. 갑작스레 아빠 컴퓨터를 샀단다. 나에게 의논하면 또 반대할 게 뻔하니까 혼자 결정했단다. 고마운 일이다. 흘려듣지 않고 마음 내어 준 건 고맙지만, 현실적으론 안 맞는 일이다. 컴퓨터만 덩그러니 갖다 놓는다고 배울 수 있는 것도 아니고 자주 들락거리며 가르쳐 줄 수 있는 것도 아니다. 인터넷 연결하고 복지관 가서 조금만 배우시면 금방 하실 거라며 장인어른을 믿는다. '나는 자연인이다'를 보면서 물 없인 살아도 컴퓨터 없이 못 산다는 남편이다. 당신 생각엔 심심함을 해결해 줄 최고의 장난감이다.

아빠에게 내일 컴퓨터 가지고 갈 거라고 전화를 드렸다. 거절하신다. 가져와 봐야 혼자서 사용할 수 없다는 게 이유이다. 마음만 감사히 받겠다고 사양하신다. 못 배운 게 후회되는 일이긴 하지만 막상 당신에게 온다고 생각하니 엄두가 안 나는 모양이다. 말만 들어도 고맙다며 사양하신다. 할 수 있다고 부추기는 사위랑 마음은 고마우나 내가 배울 자신이 없다는 아빠가 전화기를 붙잡고 싸움 아닌 싸움을 한다. 사다 놓고 쓰지도 못할 거, 괜한 헛돈 쓸까 봐 걱정이시다. 사위가 고집을 꺾지 않자 나를 붙잡고 또 만류하신다. 그러나 남편 고집도 만만찮다. 아빠 말을 따르지도 못하고 남편 말을 듣지도 못해 고래 싸움에 새우가 되었다. 싸움이 길어지자 해결사가 등장한다.

"김 서방, 여기 가져와 봐야 못쓰네, 그냥 물리게!"

여기 가져와 봐야 못 쓰니, 그냥 취소하게나! 이렇게 명쾌한 정리라니. 엄마의 단순함이 때론 해결사 역할을 톡톡히 한다. 9회 말 2아웃, 지루한 싸움 끝에 결정타를 날리는 엄마다. "그냥 물리게." 하고는 전화를 딱 끊어 버린다.

김 서방 고집도 만만치 않다. 다음날 컴퓨터를 가지고 멍게도 사서 장인어른을 만나러 간다. 사위가 나타나자 아빠는 그만 항복하고 만다. 미안함과 고마움이 묻어난 웃음이다. 정성이 괘씸해서 배워보기로 마음먹는다.

우선은 자판을 익혀야 한다. 길을 알아야 이집 저집 놀러 다닐 테니 표지판과 기호들을 익힌다. 총명한 아빠, 생각보다 제법 진도가 나간다. 예상했던 것보다 훨씬 쉽게 숙지하신다. 심지어 곁에 앉은 엄마도 자판을 뚫어버릴 듯 의욕적이다. 의외의 엄마 모습이다. 아빠에게 미루고 한쪽으로 나가 있지 않고 적극적이다. 귀신같은 김 서방이 '현철'을 미끼로 숨겨놨다. 이 안에 '손대면 톡, 하고 터지는' 현철이 있다고 하니 필사적이다. 아빠가 없어도 스스로 현철을 찾아갈 기세다. 포털을 열어 기사를 보시고 노래만 찾아 들을 수 있어도 한나절은 거뜬히 보낼 수 있다. 핸드폰 문자도 못 보시는데, 과연 컴퓨터는 이겨내실 수 있을지 두고 볼 일이다.

우선 이 두 가지만 숙지하도록 해 드리고 돌아왔다. 전화로 체크를 해 보니 제법 목소리 톤이 높아지셨다. 삶에 의욕이 있어 보인다. 뉴스도 보시고 날씨도 찾아보셨다길래 뿌듯했다. 하루 이틀 잘하고 계시길래 안 챙겼다.

도로 아미타불이 되는 건 순식간이었다. 하나가 꼬이자 두세 개가 함께 꼬여, 열어 볼 엄두를 못 내셨다. 해결해 줄 사람이 없으니 원래대로 돌아가는 건 순식간이었다. 멀리 떨어져 있으니 안타까운 일들이 종종 있다. 마음만 뻔하고 할 수 있는 게 없다. 한참 후에나 가서 알려주면 또 며칠은 쓰는데 그것도 오래가지 못한다. 시무룩한 두 분의 얼굴이 훤하다.

젊을 때는 필요를 못 느꼈던 운전과 컴퓨터가 늘그막에 후회되는 일로 남았다. 문화가 바뀌고 문명이 발달하자 산골 깊숙한 곳에서도 아쉬움이 터져 나온다. 운전은 해결해 줄 수 없어도 컴퓨터는 해결해 줄 수 있을 것 같았는데, 그마저 마음과는 다른 결과를 가져왔다.

인생에 후회되는 것, 아빠에게 하는 질문은 나에게 하는 질문이기도 하다. 아빠 마음 헤아리기이기도 하지만 앞서가는 아빠에게 듣는 인생의 지혜이기도 하다.

컴퓨터는 다시 제자리로 돌아왔다. 주인 잃은 컴퓨터와 컴퓨터 잃은 아빠는 다시 원래대로 돌아가 버리고 말았다. 후회를 후회하지 않도록 도와드리고 싶었지만 멀리 있어 그마저 쉽지 않다. 그러나 그렇게라도 다녀온 컴퓨터를 보니 잘했다 싶다. 열심히 배워보려고 애쓰시던 아름다운 두 분의 모습을 본 것만해도 추억이란 생각이 든다. 안타깝긴 하지만, 그것만 해도 잘했다 싶어 우리의 후회가 줄었다. 그렇게 아빠의 아쉬움과 내 아쉬움을 위로해 본다.

임시정부

임옥순, 임영순, 임춘순, 임선순, 임금자, 임윤자, 임옥자, 임숙자, 임옥현, 임은자.

여행사 실장님은 좌석을 먼저 예약해야 한다고 탑승자 명단을 보내 달라하신다. 문자를 받은 실장님, 우리 이름을 보고 많이 웃었을 테다. 순/자. 성의 없는 이름이라고 해야 할지 뼈대 있는 가문이라고 해야 할지, 우리는 순/자를 사이좋게 나눠 가진 사촌이다. 다행히 여기서 멈췄으니 망정이지 5명쯤 더 태어났다면 후발 주자들이 얼마나 더 억울한 이름을 가졌을지 안 봐도 뻔하다.

어릴 적 전화가 없던 시골엔 동네 이장 집 마이크가 유일한 소통 창구였다. 앰프를 열고 방송하면 나무에 매달아 놓은 확성기를 통해 공지 사항이 전달됐다. 나라엔 방송국이 있고, 마을엔 확성기가 있었다. 일제 치하, 암울했던 그 시절 상해에 대한민국 임시정부가 있었다면, 우리 사촌 25명에겐 〈임시정부〉 밴드가 있다.

임(林) 씨 성(姓)의 작은 정부, 임 씨 정부다. 가족 간, 친목 모임 밴드는 흔하지만, 사촌들 밴드는 흔치 않다. 밴드가 생기기 전에도 우리 모임은 종종 있었지만, 밴드가 생기고 온라인에서 매일 소식을 주고받는다.

임가네 밴드, 임 씨 모임, 해양 모임 등 여러 가지 이름이 후보에 올랐는데 최종적으로 〈임시정부〉로 결정지었다. 세월이 가도 특색 있고 부르기도 쉽고, 잊히지 않는 좋은 이름이다.

남자 15명, 여자 10명, 총 25명. 남아선호사상은 몸속의 정자와 난자도 이미 알고 있었던 모양이다. 생명 공학적인 출산이다. 아빠 형제 5형제는 약속이나 한 듯 5명씩 출산했고 뒤바뀌었으면 약간 서운했을 성(姓) 비율도 놓치지 않았다. (제일 큰 언니가 일찍 돌아가시고 말았다.)

우리는 모두 한마을에서 태어나 자랐다. 작은 마을에 5형제가 옹기종기 모여 똑같이 농사를 짓고 살았다. 할아버지 할머니 밑에 가난한 집 5형제였지만 우애만은 부잣집 곳간보다 넉넉했다. 내가 보고 자란 어른들의 모습이 곧 나의 모습이 되었음을 안다. 의지로 되지 않는 운명이 줄을 잘 선 것 같아 늘 감사가 솟는다. 타임머신이 있다면 유일하게 다시 돌아가고 싶은 곳, 시간이다.

형제와 사촌의 구분 없는 대가족이었다. 25명 중에 맨 마지막으로 내가 태어났다. 터울이 많아 내가 기억하는 일들은 별로 없지만, 언니 오빠들에겐 수 없는 이야기보따리가 있을 테다. 제일 큰 사촌 오빠와 내 나이가 정확히 25년 차이가 난다. 평균 한 해에 한 명이 태어난 꼴이다. 감성적이고 인문학적인 어른들이 어쩜 이렇게 과학적이었는지 놀랍다.

임시정부 밴드에 우리 이름 옆에는 마치 아바타 기호 같은 고유한 자신만의 숫자가 있다. 임옥순(1-2), 임종봉(2-5), 임선순(4-5). 앞의 숫자는 아버지의 숫자고, 뒤의 숫자는 본인의 숫자다. 1-2는 첫째 큰아버지의 둘째, 2-5는 둘째 큰아버지의 다섯째 자녀라는 뜻이다. 나의 기호는, 다섯째의 다섯째 자녀, 5-5다. 조카들은 1-1-1, 1-3-2, 세 자리 기호를 가진다.

생일을 축하하고 경사스러운 일을 함께 나눈다. 어린 시절 이야기를 나누며 그리움에 젖기도 하고 글 잘 쓰는 오빠가 시골 삶을 올려줘 도시 속에서 힐링하기도 한다. 묘사와 각종 행사 일정을 공유하고 유용한 정보들을 주고받기도 한다.

재미난 이벤트도 많이 했다. '닭살 커플'이란 주제로 부부간의 사랑을 자랑하는 이벤트를 벌이기도 했다. 가정마다 포옹하는 사진이 올라오고 김장하다가 뽀뽀하는 눈꼴 사나운 사진이 올라오기도 했다. 제일 큰 사촌 언니가 직접 만든 한과를 상품으로 내걸어 각축전이었다. 그 외 맛있는 음식 사진, 좋았던 여행지 사진 이벤트도 벌였다.

그중에서도 특히 명절 아침에 올라오는 친정 사진은 제일 반가운 사진이다. 보고 싶은 어른들과 사촌들, 조카들, 세배드리는 모습, 산소에서 차례 지내는 풍경은 단출한 시댁에서 대리만족하는 시간이기도 하다.

어느새 15년도 더 된 일이다. 큰아버지들이 모두 살아계셨을 때 처음으로 임시정부 전체 모임을 했다. 1박 2일 일정으로 부산에서 숙소 하나를 통째로 빌려서 한 큰 행사였다. 오빠들이 아침 일찍부터 큰아버지, 큰오매들을 모시고 와 태종대와 아쿠아리움을 구경했다. 건강이 좋지 않아 함께 못 오실 뻔했던 큰아버지가 태종대 휴게소에서 어묵꼬치를 맛있게 드셨다. 기운 없이 따라나섰는데 음식도 잘 드시고 일정도 무리 없이 소화하시니 큰오매는 마치 어린애를 바라보듯 씽긋이 웃으셨다. 큰아버지는 어쩌면 별거 아닌 어묵꼬치를 그날 처음 드셨던 건 아니었는지 모르겠다.

저녁이 되자 각 지역에 흩어져 살던 언니 오빠들이 하나둘 도착했다. 인사를 나누고 식사하고 노래 부르는 흥겨운 시간이었다. 큰아버지, 큰오매, 사촌들에 그 자녀들까지 다 모였으니 그날 참석자는 거의 100명에 가까웠다. 방마다 가득했던 사람들, 이런 자리를 만들어 고맙다는 덕담들, 그만큼이나 많았던 신발들. 잔치하듯 노래 부르던 큰아버지와 아빠, 다시 돌아가지 못할 아련하고 그리운 시간이다.

여자들은 여자들대로 곗돈을 모으고, 남자들은 남자들대로 곗돈을 모은다. 오빠들 곗돈은 제사나 묘사 등 주로 공식적인 일을 위한 목적이고 여자들이 모으는 곗돈은 여행이 목적이다. 딸 열 명이 다 같이 가지는 못했지만, 새하얀 홋카이도를 다녀오고 태국도 두 번이나 다녀왔다. 그때마다 오빠들이 거금을 찬조해 주고 큰아버지들이 재롱부리는 딸들 이쁘다고 용돈을 주시기도 했다.

언니들과 여행은 가이드가 필요 없을 정도다. 노래방에서 마이크 놓지 않는 사람처럼 우린 가이드에게 말할 기회를 주지 않았다. 가는 곳마다 웃음이 끊이질 않아 가이드가 넋을 잃을 정도였다. 우리 여행의 하이라이트는 낮보다 밤에 있다. 종일 구경하고 저녁을 먹고 숙소에 들어와야 비로소 우리의 참모습이 나온다. 각자 방에서 짐을 풀어놓고 한 방에 다 모인다. 큰언니의 인사말로 시작해, 팀을 나눠 게임을 하면서 배꼽을 잡는다.

마스크 팩 붙여 수다를 떨며 웃다 못해 울기도 한다. 사투리들의 총집합에 유머까지 겸비해 개그콘서트보다 더 재미난 시간이다. 배우 나문희를 닮은 큰언니의 말에 배꼽을 잡던 그날들이 어서 다시 오면 좋겠다. 소리 없이 돈은 쌓여만 가는데 언제 다시 그 시간을 맞을 수 있을지 모르겠다.

나는 임시정부의 리더이자 25명 중 막내다. 아빠가 그랬던 것처럼, 백범 김구 선생이 그랬던 것처럼 나 놔두고 먼저 다 가버릴 날들이 걱정이다. 모두 다 가고 나 홀로 남을 날을 상상하면 벌써 서글퍼진다. 그 허전함을 어떻게 할지 모르겠다.

어제는 1965년 할머니 장례 때 받은 부조금 장부를 찾았다며 소식이 올라왔다. 한자로 빼곡히 적혀있어 해석이 어려운 걸 오빠들이 정리해서 댓글에 올려준다. 파랑새 담배 6갑, 삼베 한 필, 탁주 한 되, 현금 50원, 부조를 한 사람의 이름과 명세가 적혀있다. 박물관에서나 볼 법한 사료다. 나 태어나기 전의 기록을 실제로 보니 격세지감을 느낀다.

임시정부는 사랑이다. 단단한 내 뿌리의 근원이 바로 이곳 임시정부임을 알기에 감사하고 또 보답하고 싶은 곳이다. 바쁜 가운데 울리는 밴드 알림 소리는 잠시 쉬어갈 여유이자, 힐링이고 위로이다. 제일 작지만 제일 큰 정부, 우리의 임시정부는 여전히 건재하다. 이 작은 정부의 일원임이 다행스럽다.

Episode 2

그 시절을 떠올리며

잃어버린 청춘

공모전 대상을 받기 전이나 후나 내 이름은 똑같고 상을 받았다고 해서 특별한 대우를 받은 일도 없다. 그런데 어제 엄마의 태도가 다소 정중해졌음을 느꼈다. 부탁하는 어조에 살짝 미안한 뉘앙스가 깃들었다. 작년까지만 해도 없던 말이 추가되었다. 여태껏 '공부한다고.'라는 수식어는 필요 없었다. 감을 땄는데, 네가 좀 팔아도 되겠나? 부탁하면 그만이었다.

원래는 감나무 산이 아니었다. 가을만 되면 나에게 전화가 온 것도 아니었다. 뉴스와 신문을 보며 농사일에도 늘 한발 앞서 나갔던 아빠였다. 벼농사만 고집하지 않으시고 나이와 체력에 맞게, 시류도 읽어가며 과감한 결단을 내리시곤 했다. 젊은 시절엔 마을에서 제일 먼저 담배 농사를 시작해 빨리 가계를 일

구셨다고 한다.

내 어린 시절은 뒷동산 밤나무와 떼려야 뗄 수가 없다. 오랫동안 밤은 가을철 주 수입원이었다. 벼농사도 있었지만 내 기억에 남은 가을은, 밤 줍는 허리 아픈 계절이다. 밤을 따오고 벌레 먹은 걸 가려내고, 크기별로 선별하느라 늦은 시각까지 쪼그리고 앉아 일했다. 쪽잠을 자고 나면 아빠는 아침 버스에 싣고 진주 공판장으로 가셨다. 그 무거운 밤을 들고 지며 차를 갈아타고 가셨다가 저녁이면 목돈을 만들어 오셨다. 공판장에서 어떤 등급을 받을지 궁금했다. 1등급 받았다는 말을 들으면 우리도 덩달아 기분 좋아졌다. 아빠가 진주 갔다 오신 날은 돈이 들어오는 날이다. 우리 집의 주 수입원이었으며 부모님의 청춘을 바친 곳이자 우리의 추억이 깃든 곳이었다.

그러던 어느 해, 그 밤나무를 싹 베어 내고 그 자리에 감나무를 심으셨다. 연세도 많은데 왜 일을 벌이는지 이해가 안 됐다. 어린나무가 언제 자라 감이 열리고 돈이 될지 막막했다. 그런 내 물음에 아빠는, 늙어 이 다 빠지고 나면 홍시 많이 먹을 요량이라고 욕심 없는 영감 같은 말씀을 하셨다. 그러나 소박한 아빠의 바람과 달리, 내 예상과도 너무도 달리, 감은 몇 년 지나지 않아 목돈을 안겨주었다. 홍시 많이 먹을 거라는 우스갯소리는 '말 해봐야 네가 알겠나?'였다. 일흔 넘어서까지도 트럭을 빌려 공판장을 드나드시며 제법 농사꾼다운 면모를 보이셨다. 늘 제값 못 받았다고 하시면서도 목소리엔 힘이 있으셨다.

미처 가져가지 못한 감은 포장해서 농협에도 내다 팔고 택배 판매도 하셨다. 오빠들이 주말에 가서 감을 따주면 판매도 알아서 하시니 내 도움이 전혀 필요 없었다. 그런데 어느 해부턴가 15킬로짜리 상자가 버거워지셨다. 들고 옮기는 일이 힘에 부쳤다. 경운기에 싣고 다니는 일도 버거워졌다. 그때부터 나의 감 장사가 시작되었다. 많지는 않았지만 제법 일거리였다. 필요할 것 같고 살 것 같은 사람을 물색해서 물어보고 가격을 알려준다. 다시 배송할 주소를 아빠에게 알려주고 입금받은 돈을 보내드리는 일이 일사천리로 진행됐지만, 귀찮은 일이었다.

결단을 내리신 건 5년 전이었다. 이제 농사에서 손 떼기로 하셨다. 몸 생각 안 하고 욕심만 부리던 일과 작별하기로 하셨다. 청춘을 다 바친 그 산을 팔고 감나무밭은 임대로 주셨다. 네 분의 형님들이 살고 간 허무한 삶에 대해 종종 말씀하시던 아빠다. 그나마 당신은 여행이라도 다니고 맛있는 것도 잡숴봤다. 형님들은 일만 하고 돈도 못 써 보고 돌아가셨다며 허무한 삶을 안타까워하시던 아빠였다. 이제 그 삶에서 본인도 벗어나기로 하셨다. 몸이 더는 따라주지 않음을 받아들이고 꽉 쥔 주먹을 펴신 것이다. 더 했다간 도리어 병만 더 얻는 것을 실감하신

것이다. 우리의 애달픈 말에는 도통 반응이 없으시더니 본인이 스스로 한계를 느끼고서야 손을 놓으셨다.

고단한 아빠의 삶이 이제야 좀 쉴 때가 된 것 같아 다행스럽다. 반면 스스로 늙음을 인정하시는 것 같아 살짝이 목이 멘다. 감나무 산을 팔았다며 본인은 한 푼도 쥐어보지 않고 우리 자녀들에게 나눠주셨을 때도 감히 받기가 송구스러웠다. 절대로 쓰지 않고 간직해야겠다는 굳은 마음은 채 일 년도 가지 못하고 쓸 일이 생겨버렸다.

아빠가 감나무에서 손을 떼면서 나의 감 판매도 끝이 나는 줄 알았다. 아니었다. 다 정리하고 손을 놓았다지만 텃밭 한 뙈기는 남겨뒀고 그 밭 가에도 감나무가 있었다. 그 밭은 남에게 줄 수 없으니 그 감나무에 열리는 감이 나의 몫이 된 것이다. 그 감나무에서만 해도 얼마나 많이 달렸던지 두 분이 소화하시기엔 버거운 양이었다. 친지들과 자녀들에게 보내 주고도 스무 박스가량이 해마다 나에게 주어졌다. 농사는 안 지어 봤어도 팔기는 또 잘한다. 다 팔아서 돈을 보내드리려고 보면 꼭 끝 단위가 어중간하게 끝난다. 5만 원 10만 원 단위로 딱 떨어져야 좋은데 52만 원, 76만 원…. 그러다 보니 내 돈이 항상 추가로 더 들었다. 해마다 적자였다. 그러나 그것도 재미였다.

올해도 올 것이 왔다. 감을 팔아 달라는 엄마 전화다. 단골들이 있어 수월하긴 하지만 그래도 해마다 꺼내기 어려운 말이다. 여태껏 들을 수 없었던 '공부한다고', '팔아서 너 써라', 지난해에 없던 두 마디가 추가되었다. 진심인지 모르겠지만 열 상자를 부탁하신다. 가격도 모른단다. 내 마음대로 받으란다. 통 장사꾼 속이 아니다. 한 해 한 해 목소리에서, 말투에서 젊음이 빠져나가는 걸 느낀다. 가격에 욕심부리고 애살스럽던 목소리가 그리워진다. 늙으니 농사도 마음대로 안 된다는 두 분이다. 젊을 때처럼 관리를 못 하니 수확이 줄어드는 건 당연한 일이겠지만, 감도 주인 따라 늙는 모양이다. 하지만 감을 떠나보내는 마음에 미련이라곤 없다.

　　돌아오질 않을 청춘을 문득 그리워한다. 아빠가 운전하는 경운기에 엄마랑 나란히 서면 늘 엄마는 나보다 컸고, 나는 언제 엄마만큼 클까? 생각했었다. 그랬던 엄마는 어느새 나보다 훨씬 작아지셨고 원래 작았던 아빠는 더 작아지셨다. 나는 또 어느샌가 부모님의 나이가 되어 그 시절의 부모님을 떠올린다. 세월이 이렇게 후딱 지난다는 걸 미처 몰랐다. 부모님에겐 더욱 그러실 테다. 나에게도 머지않아 곧, 일 테다. 밤과 감에 쏟은 정성으로 우리 자녀들을 키웠다. 이젠 우리를 돌보지 않아도 되는 것처럼, 농사에도 정성 들일 필요가 없어졌다. 고달픈 일이 줄어 다행하긴 하지만 잃어버린 부모님의 청춘이 아쉽다. 사진에 남은 건강한 모습일 땐 미처 생각지 못했던 날이다. 청춘은 소리도 없이 사라졌고 남은 건 늙음과 병뿐이다. 힘찬 글씨가 쓰인 아빠의 택배를 해마다 받을 수 있길 바라지만 그것마저 욕심일 테다.

대상을 받고 나니 엄마만 정중해진 게 아니다. 팔아서 너 쓰라는 엄마보다 더 어려워진 건 오히려 나다. 나는 고객들에게 정중하다 못해 도저히 입이 떨어지지 않는다. 그냥 올 한해 고마웠던 분들께 선물이나 해야겠다. 올해도 내 감 장사는 적자다. 하지만 두 분의 잃어버린 청춘이 주신 사랑 덕분에 감사만은 충분히 흑자다.

원숭이 엉덩이는 빨개

'인류의 3대 사과를 아시나요? 이브의 사과, 뉴턴의 사과, 마지막으로 세잔의 사과입니다.'

조원재 작가의 《방구석 미술관》 폴 세잔 편의 첫 장이다. 미뤄뒀던 책을 이제야 읽었다. 고 오주석 작가의 《옛 그림 읽기의 즐거움》처럼 명화의 탄생기를 쉽게 설명해 주는 해설사 같은 책이다. 고흐나 고갱의 그림 전시회를 몇 번 본 적 있지만 배경지식이 없어 수박 겉핥기로만 봤다. 설명을 읽고 보니 그동안 몰랐던 그림 속 이야기들이 보인다. 그건 마치 누군가가 내가 뭘 좋아하는지, 어떤 생각을 하는지는 모르고 내 눈코입을 봤다고 말하는 것과 같다. '아는 만큼 보인다.'라는 명언이 실감 난다. 그림 이면에 작가의 상황과 예술관, 예술과 삶에 대한 고뇌는 물론 세력들 간의 이권들도 엿볼 수 있었다.

사과가 썩을 때까지 그리고 또 그렸다는 폴 세잔의 '사과와 오렌지'도 설명과 함께하니 사과 한 알이 주는 묵직함이 있다. 세잔을 존경했던 후배 화가 모리스 드니가 인류의 3대 사과에 세잔의 사과를 포함했다고 하니 후배의 애정이 느껴진다. 썩을 때까지 그림을 그린 세잔의 집념은 모범이자 고통이란 생각도 든다.

세잔 편의 첫 구절을 보고 '3대 사과'에는 없는 스티브 잡스의 애플이 생각났다. 21세기에 쓴 글이라면 분명히 미국의 애플도 속했을 것이다. 스티브 잡스가 왜 회사명을 애플이라고 지었는지 궁금했다. 생각난 김에 검색 해봤다. 먼저 애플사의 리더 팀 쿡과 시가총액 등이 나온다. 당시 회사 로고를 정해야 할 때 스티브 잡스는 과일만 먹는 식단을 하고 있었다고 한다. 농장에서 사과를 사 가는 중에 재미있으면서도 생기 있고 컴퓨터의 강한 느낌을 누그러뜨려 줄 것 같아 별생각 없이 지은 이름이라고 한다. 거창한 의미가 있을 줄 알았는데 예상외라 김빠진다. 이것저것 몇 장을 보다 보니 그림이 애플에서 애플힙으로 넘어가 버린다. '사과를 하나 먹을까?' 하던 찰나, 갑자기 탐스러운 엉덩이에 빠져 새벽부터 넋을 잃었다.

가수 제시의 애플힙이 유독 도드라진다. 왜소한 몸에 어울리지 않는 엉덩이는 마치 보형물을 넣은 것처럼 과하다. 어릴 적 콤플렉스가 이제야 당당해질 날이 왔다며 고민을 털어놓던 걸 본 적이 있다. 어떤 시술도 하지 않은 천연 엉덩이라고 자랑하지만, 보면 볼수록 의심이 간다. 믿고 싶지 않은 부러움인지도 모르겠다.

남편은, 설거지하는 내게 다가와 슬며시 뒤에서 안는다. 오랜만의 애정 표현이다. 그것도 잠시, 분위기에 어울리지 않는 말이 그의 입에서 나온다.

"왜 엉덩이가 앞에 붙었노?"

설거지하던 수세미를 싱크대에 던져 버렸다. 납작한 내 엉덩이를 맨날 놀리는 사람이다. 엉덩이보다 배가 더 볼록하다고 놀린다. 반박도 못 한다. 앞뒤가 바뀌는 전형적이고 지극히 정상적인 중년에 접어들었다. 그러잖아도 신경 쓰이는데, 와서 초를 친다. 근력운동을 해야 한다지만 더 하기 싫어지는 게 중량 운동이다. 몇 년 전만 해도 땀 흘려가며 운동하는 걸 좋아했는데, 이젠 점점 힘든 운동을 하기 싫어진다. 근 손실은 당연한 결과다.

가을걷이가 한창이었던 그날, 황소는 엄마가 투우사로 보였던 게 틀림없다. 엄마는 벼를 베다가 점심을 하기 위해 집으로 내려오는 길이었다. 갈아야 할 무뎌진 낫 한 자루를 들고 언덕을 내려오고 있었다. 얼른 점심을 해서 논으로 가져가야 했다. 잠시 앉아 쉴 틈도 없다. 걸음은 급하고 마음은 더 바쁘다.

가을 햇볕 아래 우두커니 풀을 뜯던 황소가 언덕을 내려오는 엄마를 발견하고는 갑자기 돌진했다. 엄마는 전혀 싸울 생각이 없다. 낫을 들고 있는 엄마를 오해했는지도 모른다. 잽싸게 피하는 노련한 투우사와는 달리 엄마는 놀라서 어떻게 해야 할지 모른다. 고함을 치고 미처 몇 발 달아나기도 전에 황소의 뿔이 먼저 엄마의 뒤를 들어 올린다. 아무런 방어도 해 보지 못한 채 엄마는 공중으로 날아올랐다가 고랑 아래로 처박혔다.

언덕 아래서 그 모습을 본 소 임자가 얼른 달려와 엄마를 부축했다. 다행히 부러진 곳은 없지만, 엉덩이에 피가 흥건하다. 땀에 젖은 바지가 피로 얼룩졌다. 황소의 쇠뿔이, 육중한 무게와 달려온 속도와 합쳐져 엉덩이 깊숙이 박히고 말았다. 상처는 깊었다. 상상도 못 했던 일이다. 하늘이 노랗다. 납작한 내 엉덩이는 분명 엄마로부터 물려받은 것이니 엄마 엉덩이도 납작했을 거란 말이다. 납작한 엉덩이에 뿔이 들어갔으니, 맙소사.

황소들은 대부분 친절하고 얌전하다. 주인도 식구처럼 귀하게 대하는 짐승이다. 그날 그 황소는 스페인의 피가 섞였는지도 모른다. 다혈질적이고 공격적인 그 소가 한우일 리는 없다.

그전에도 다른 사람을 공격한 전적이 있다. 엄마를 들이받고도 씩씩거리던 소는 그 길로 소 시장으로 끌려갔다. 엄마 공격을 마지막으로 운명을 다했다.

하다못해 이제 소까지 엄마를 괴롭히고, 엉덩이까지 다치는 상황에 이르렀다. 아닌 밤중에 홍두깨라더니, 참 어처구니가 없다.

평생을 농부로 산 엄마의 엉덩이가 사과를 닮든 수박을 닮든 그건 엄마의 관심사가 아니었다. 농부의 엉덩이가 이뻐서 어디에 쓸 것인가? 허벅지 다음으로 근육량 많은 곳이니 농사꾼으로서 중요한 부위일 뿐이다. 일하느라 한 번도 관심 가져 주지 않은 엉덩이가 처음으로 귀한 대접을 받게 되었다. 고운 대접 받으면 좋았겠지만, 바늘로 꿰매고 빨간 약을 바르고 거즈를 붙이는 대접이다. 걸음은 어설프고 화장실 가는 일도 보통 어려운 일이 아니다. 병문안 온 사람들이 어디가 어떻게 아픈지 한번 보자고 놀린다. 아프다고 보여줄 수도 없다. 남사스럽다.

엄마의 엉덩이는 이브의 사과도, 세잔의 사과도 스티브 잡스의 혁신도 아닌 '원숭이 엉덩이는 빨개'가 되었다. 애플힙은 관심도 없었고 오로지 힘을 쓰는 도구일 뿐이었다. 그저 무탈하기만 하면 될 일이었다. 황소 때문에 어처구니없는 일을 겪었다.

인생은 참 아이러니하다. 세월이 흘러 그날의 기억을 엄마와 같이 더듬어 본다. 나도 울고 엄마도 울었다는데, 오늘은 엄마도 웃고 나도 웃는다. '아팠던 얘기를 하면서 웃는다.'라는 문현식 님의 동시가 생각난다. 엄마 엉덩이가 글이 되고 웃을 일이 될 줄이야. 원숭이 엉덩이는 빨개. 그래, 그냥 빨갈 뿐이다.

청춘을 훔쳐 드립니다

군 복무 중 제대 날짜가 가까워질 무렵 어떠한 일이 있어도 제대하면 지게 지고 땅 파고 하는 농촌은 탈피해야 한다는 야망으로 제대 날짜를 하루하루 손꼽아 기다렸다. 하지만 막상 제대하여 집에 와보니 나의 꿈은 수포가 되고 말았다.

1963년 봄 당시 도시에는 의식주 해결을 못 하는 빈민과 실업자가 태반인 상태여서 학벌 없고, 기술 없고, 배짱 없는 내게 취직이란 환상 자체가 잘못이었다.

하는 수 없이 농사에 꿈을 싣고 조금이라도 농지를 확장하기 위하여 야산 개간이 한창이던 어느 날이었다. 대구 전매청에 취직시켜 줄 테니 15만 원을 준비해 오라는 통지가 왔다. (15만 원은 당시 지역 상토(上土) 한 마지기에 해당하는 금액임) -중략- 형님들께서 여유가 없었음에도 거리낌 없이 갹출(醵出)하여 모은 돈 16만 원을

인생을 쓰는 시간

쥐고 대구로 황급히 갔었다. -중략- 내 돈도 아닌 형님들의 정성 어린 돈을 사기당하고 그때 비로소 도시 사회의 부도덕성을 실감하고 애통해하며 농촌에 정착하게 된 주된 동기가 되어 오늘을 맞고 있다.

〈청춘의 꿈 무너지다 - 정심선행 ㅩ〉

여자들은 애 낳을 때 얘기, 남자들은 군대에서 축구 한 얘기를 시작하면 밤새는 줄 모른다고 한다. 남편은 축구는 못 했지만, 하사 생활 10개월을 평생 자랑한다. 일반 군인으로 입대해서 하사 계급을 다는 게 어려운 일이라고 한다. 상사는 남편이 원하는 조건을 다 맞춰주겠다며 군에 남기를 적극적으로 권유했다고 했다. 바른 글씨쓰기부터 그림과 디자인, 표어나 포스터 등 꼼꼼하게 작업하는 일들에 소질이 있었다. 군대에도 몸 대신 머리를 써야 할 사람이 필요했고, 남편은 축구 대신 솜씨로 인정받았다. 그렇지만 군에서 인정받는 생활이 길어져 자만했었나 보다. 제대만 하면 내 세상이 될 줄 알았던 남편은 만류를 뿌리치고 나왔다. 하사 계급이 현실에도 적용될 줄 알았다. 그러나 녹록지 않은 현실을 만날 때마다 농담 반 진담 반으로 뿌리친 군대에 미련을 보였다. 나이 오십이 넘어 여전히 불안한 직장 생활을 하며 얽매인 삶을 살고 있다. 이렇게 될 줄 알았으면 그때 군에 남았어야 했다며 해봐야 소용없는 말을 하며 기세등등했던 젊은 날을 회상한다.

아들 역시 부대에 남기를 적극적으로 권유받았다고 했다. 남편이 손재주와 아이디어로 인정받았다면, 아들은 몸으로 인정받은 경우다. 축구가 취미이자 장기인 아들이다. 몸을 쓰는 일로 에너지를 얻는 녀석이다. 3km 뜀걸음을 10분 40초로 들어와 부대 신기록을 세웠다고 한다. 운동 선수급이라고 자랑한다. 제대 후에도 아직 기록이 깨지지 않고 전설로 남아있다며 뿌듯해한다.

의욕에 찬 아들은 진지하게 군 생활을 고민하는가 싶더니, 동굴 속을 뛰쳐나온 호랑이처럼 제대일을 손꼽아 기다리다 현실에 복귀했다. 내무반 동기 중에 친하게 지내는 서울대 재학생이 있었는데 오히려 그가 군에 남았다고 한다. 포병대라 포탄 거리를 계산하는데, 그걸 재미있어하더라며 이해가 안 된다고 말했다. 불투명한 미래를 준비하는 취준생으로 지내며 남편과 마찬가지로 그때 남아야 했었다며, 미련 섞인 말을 한다. 아들 역시 남편처럼 제대만 하면 누군가 그의 세상을 펼쳐줄 줄 알았을 테다.

아빠 역시 마찬가지였다. 제대만 하면 뭐라도 할 수 있을 것 같았다고 했다. 제대를 앞둔 대한민국 남성들의 특징인가 보다. 집을 벗어나 보내는 시간이 자신감을 주는가 보다. 군의학교에 들어간 아빠는 위생병으로 근무하다가 병원장님 관사로 차출되어 특별 배려받으며 근무하셨다고 한다. 필체 좋으시고, 학문에도 밝고 인성이 바르시니 어딜 가나 탐낼 만했을 아빠다. 병원장님 곁에서 공부하신 덕분에 기억력 좋은 아빠는 지금도 농부 이상의 의학적 지식을 갖고 계신다. 의욕적이고 열성적인 청춘이었다. 세상 무서운 것 없었고 겁날 게 없었다. 세상에 나가면 뭐든 다 할 수 있으리라 믿었다. 어릴 적 익힌 소학, 대학, 맹자, 초경이 아빠에겐 자신감이었다. 하지만 제대를 하고 집에 돌아와서야 현실을 직시했다. 가난한 집 막내아들, 학벌 없고 배경 없는 현실. 농사만은 피하고자 했지만, 그 외 다른 길이 없었다. 피하려 했지만, 막막한 현실을 받아들일 수밖에 없었다. 거부해봐야 다른 방도가 없었다. 유일하게 할 수 있는 게 농사밖에 없었다.

그러던 어느 날, 대구 전매청에 취직시켜주겠으니 15만 원을 준비해 오라는 지인의 연락을 받았다. 집안을 일으켜야 한다던 할아버지와 큰아버지들께서 분담해 목돈을 만들어 주셨다. 그 당시 15만 원이면 좋은 논 한 마지기 값이었다 하니 엄청난 돈이었다. 가족들의 운명을 아빠에게 건 것이다. 피 같은 돈을 맡겨놓고 설레며 기다리고 있었다. 작은 희망이 생겼다. 그러나 한참이 지나도 연락은 오지 않았고 다시 찾아가 확인한 결과 모든 것이 사기로 드러났다. 믿었던 친척에게 배신당하고 한 줄기 희망이었던 공무원이란 꿈은 물거품이 되고 말았다. 당신의 꿈보다, 가족들에게 미안했을 아빠 심정이 어떠했을지, 얼마나 아팠을지 상상도 할 수 없다.

아빠는 천생 선비 형상이다. 자그마한 체구에 얌전한 성격, 조심스러운 말투, 조용한 움직임, 명석한 두뇌. 선비의 몸으로 태어났으나 재능을 펼치지 못해 평생을 연필 대신 괭이자루를 쥐고 살았다. 농사꾼에 어울리지 않는 체형과 농부에게 맞지 않은 뇌였다. 자연히 일머리도 없었고 오로지 힘과 악으로 견뎌내셨다. 책임감이 아니었다면 해내지 못했을 일들이다. 환상처럼 왔다 간 꿈은 현실을 더 비참하게 만들었을 테다. 벗어날 수 없는 현실이 더 암담했을 테다. 가족의 돈을 몽땅 잃어버려 더는 엄두도 내지 못했을 테다.

내가 제법 자라 중학교 입학할 때쯤이었다. 아빠는 도시로 나가고 싶어 했다. 도저히 견딜 수 없었던 모양이다. 넷째 큰아버지가 자녀들 교육을 위해 진주로 나갔을 때도 따라가고 싶었을 테다. 진주라도 가면 서예학원이라도 해서 먹여 살리겠다고 엄마를 설득하며 큰소리를 냈다. 농촌을 벗어나고픈 아빠는 외출 때마다 도시의 삶을 유심히 보셨을 테다. 그러나 마을 밖을 떠나본 적 없는 엄마의 고집이 번번이 아빠의 발목을 잡았다. 엄마는 아빠의 재능을 인정하지 않았다. 그깟 글이, 눈에 보이지도 않는 글이 일곱 식구를 먹여 살릴 수 있을 거라고 상상하지 못했다. 그냥 하던 거나 하자고 아빠를 주저앉혔다. 그때 용기를 냈었더라면, 무모하게 뛰쳐나갔었다면 어땠을까? 아빠의 청춘이 안타깝고 아빠 인생이 아깝다.

최악은 피하고자 했지만 피해 갈 수 없었다. 마음이 늘 농사 밖에 있었던 아빠랑 산다고 엄마 목소리가 저절로 커졌을 테다. 더 억척이 되었을 테다. 어쩔 수 없이 한 해 두 해 젖은 일을 평생토록 하셨다. 일손 놓고 실컷 책 읽을 시간이 드디어 주어졌는데 이젠 의욕이 따라주질 않는다. 몸을 쓰면서도 없는 시간 쪼개 책을 읽으시던 분이 한량같이 주어진 시간 앞에 글이 눈에 안 들어온다고 하신다.

언젠가 도시에서 살면 뭘 하고 싶으시냐고 아빠에게 물었었다. 아빠의 바람은 소박해서 도서관에 가서《조선왕조실록》다 읽어보고 싶은 게 소원이라고 하셨다. 이젠 그마저 다 헛일이 되어버린 것 같다. 날아가 버린 풍선 같다.

청춘을 바친 농사일에서 물러나셨다. 절대로 하고 싶지 않았던 농사를 평생 지으셨다. 15만 원에 청춘을 걸었지만, 운명이 허락하지 않았고 잠시 왔다 간 희망은 더한 좌절감을 주었다. 어느 것 하나 뜻대로 되지 않고 인생이 지나버렸다. 인생을 되돌릴 수는 없지만 빼앗긴 아빠의 청춘을 훔쳐 드리고 싶다. 아빠의 아쉬움을 글로 토하며 이렇게나마 아빠를 위로해 본다.

헌화

함양 외숙모네 큰올케언니가 카톡을 보내왔다. 어버이날 즈음에 나들이 가서 찍은 사진이다. 연분홍 재킷에 하얀 머리 외숙모는 늘 단아하시다. 화려한 색 좋아하는 엄마는 촌스러운 투피스를 입고 있다. 평생 사모님 모습으로 사신 울산 이모, 일흔 넘은 이종사촌 언니, 쿵짝 잘 맞는 4인방이다. 결혼식에 참석했다가 외숙모 집에서 하룻밤을 보내셨단다. 열무김치 담아서 밥을 해 먹고, 나들이도 가셨단다. 그 속에 핀 웃음은 안 봐도 훤하다. 몇 년 전 무릎 관절 수술을 한 엄마는 늙었지만 반듯해 보인다. 옆에 계신 외숙모는 지난해 고관절을 다친 탓인지 몸의 기울기가 왼편으로 기울어져 있다. 그러잖아도 고생 많으셨는데, 기울어진 몸과 뒤편에 숨겨둔 지팡이를 보니 짠하다.

외숙모는 함양에서 태어나 자라다가 우리 마을로 시집오셨다. 부잣집 둘째 며느리였다. 아들 둘을 낳고 셋째를 임신했을 때 외삼촌이 돌아가셨다. 외할아버지는 상처(喪妻)하시고, 아들마저 잃자 남부끄럽기도 하고, 행여나 며느리 넘볼 사람들의 눈을 피해 며느리의 고향으로 이사를 하셨다. 며느리와 어린 손자를 지켜야 한다는 외할아버지의 일념이었다. 어린 외숙모의 고생이 시작되었다. 남편 없이 시아버지와의 동거가 시작되었다. 그것도 농사를 지으며. 가당치도 않은 일이다. 직장이 있던 것도 아니었으니 생계를 유지할 방법은 농사밖에 없었다. 우물이 있던 큰 집 한 채는 가지고 계셨지만, 아들 셋을 키우기에 버거운 삶이었다.

　우리 마을은 집에서 멀지 않은 곳에 논밭이 있는데, 함양은 읍이라 그런지 한참을 걸어가야 논이 있었다. 깨금발을 뛰며 따라가던 나는 그마저도 힘이 들었다. 농기구가 있었던 것도 아니었다. 장골이었던 외할아버지는 앞에서 수레를 끌고, 가녀린 외숙모는 뒤에서 밀었다. 뒤에서 바라보던 두 분의 모습이 밀레의 그림처럼 기억에 남아있다. 어린 나에게도 낯선 그림이었을까?
　농사로는 일정한 수입을 얻기 어렵다. 뭐든지 돈으로 만들어야 했기에, 빵떡을 쪄서 팔기도 하고, 옥수수도 삶아 팔고 남의 집 과수원에서 주워 온 사과를 팔기도 했다고 하신다. 동생은 죽고 조카들은 커 가고, 홀로 고생하는 올케의 모습을 짠하게 기억하시는 엄마다.

같은 시골이라도 우리 마을에 비하면 함양은 도시였다. 방학 때 가는 곳 중의 한 곳이 외숙모 댁이었다. 아빠가 나를 데리고 가면 햇볕에 그을린 시커먼 외숙모가 웃으며 나를 반겼다. 외숙모는 나를 며칠 동안 빌려 온 딸인 듯, 자랑하며 데리고 다니셨다. 외숙모의 외갓집을 드나들었고 마을 가운데 있는 십자가 건물을 밤낮으로 들리셨다. 예배 시간에 쫓겨 종종걸음치던 손을 잡고 뛰듯 따라갔다. 노래를 부르고 중얼거리며 기도하는 외숙모의 낯선 모습을 봤다. 교회에서 만나는 사람마다 나를 소개하셨다.

솜씨 좋은 외숙모의 음식도 잊을 수 없다. 특히나 한 솥 가득 끓이신 짜장은 잊을 수 없는 맛이자, 혁명이었다. 커다란 솥에 갖가지 재료가 섞인 건 우리 집에서 봤던 돼지죽이랑 비슷하다. 시커먼 돼지죽 같은 걸 오빠들은 아무 거리낌 없이 잘도 먹었다. 하얀 쌀밥을 까맣게 색칠하며 비빈다. 나도 따라서 비벼 한 숟갈 떠먹어 본다. 예상치 못한 맛이다. CG처럼 폭죽이 터진다. 눈이 커진다. 한 번도 맛보지 못한 시골 미슐랭이다. 밥도 칠하고 입술도 칠하고 옷도 칠하며 한 그릇을 비운다. 다음 날엔 국수를 한 다발 삶아 그 위에 짜장을 올려주신다. 물 국수가 전부인 줄 아는 나에게 짜장면은 신세계였다. 우리 엄마가 좀 배웠으면 하는 맛이다. 한 솥 끓여두면 밥에도 올려 먹고, 면에도 비벼 먹을 수 있으니 늘 바쁜 외숙모에게 안성맞춤이었을지도 모른다. 한참 자라는 아들 셋을 위한 음식이기도 했지만, 오빠들이 알아서 챙겨 먹기 간편한 음식이기도 했을 테다. 나에겐 특별식이었지만 오빠들에겐 그다지 달갑지 않은 짜장이었는지 모른다. 기억 속의 짜장은 죽지도 않고 40년 가까운 세월을 내 속에 살아있다.

'개떡'이란 걸 먹어 본 것도 외숙모의 친척댁이었다. 접두사 '개'는 좋은 의미보다 부정적이거나 욕에 더 많이 쓰인다. 개떡도 다르지 않았다. 개, 돼지나 먹을 것 같은 떡 이름이다. 색은 쑥떡과 비슷한데, 한층 고급스러운 맛이다. 그때 이후로 먹어보지 못한 아련한 맛이다.

"뉘고, 우리 딸이가?"

전화를 드리면 나를 딸이라고 부르시는 외숙모다. 최근엔 딸 대신 "아이고, 우리 작가님" 하시며 어린 나를 놀려 먹는다. 적적한 노후에 잠시 잠깐의 전화가 하루의 에너지가 되기도 함을 본다. 여전히 교회 다니며 교류하시고 성경 꾸준히 읽으시는 탓인지 기억력도 여전하시다. 옛이야기와 우리 아이들 일까지도 잘 기억하신다.

"형님 덕에 내가 살았다. 형님 의지하고 내가 젊은 날 안 살았나."

엄마가 인공관절 수술하고 병원에 계실 때, 고백처럼 나에게 말씀하셨다. 젊은 날 당신의 고단함을 겸손 뒤에 숨기고 계시지만, 그 어려운 시절을 시누이 의지하고 살았다고 고백하신다. 그 고생을 어찌 내가 다 알랴만 외숙모 청춘은 습기 머금은 더위처럼 묵직했다. 그러나 겸허하고 올곧았다. 늘 인격적이셨고 인자하셨다. 내 기억에 있는 외숙모의 모습도 알려드린다. 고단했지만 숭고하신 삶에 대한 인사도 곁들인다. 시아버지랑 둘이 어떻게 살았느냐며 며느리로서의 동질감도 나눈다. 그때 먹은 짜장은 아직도 잊히지 않는다는 말에 함박웃음을 지으신다.

외숙모를 닮은 아들 셋이 다 효자다. 고생하신 보람이 늘그막에 찾아왔다. 올케언니들도 모두 정겹고 고맙다. 해마다 여름이면 삼 형제가 외숙모를 모시고 휴가를 떠난다. '고모가 있어야 재미있다'라며 그때마다 엄마를 함께 모시고 가니 참 감사하다. 외숙모 모시고 식사 한번 하기도 어려운데 오빠들은 해마다 엄마를 대접한다. 지난날의 고생을 고생이라 말하지 않고, 좋은 것만 내보이시는 외숙모의 인격은 감동이고 모범이고 존경이다.

숭고한 외숙모의 삶에 감사를 전한다. 효도하는 오빠들에게도 감사의 마음을 전한다. 한아름 꽃을 드리듯 적적하실 공간에 가짜 딸의 목소리를 전해 드려야겠다. 오늘은 딸이라고 하실까, 작가님이라고 하실까?

엄마의 응원

출발 총소리가 들리면 웅크린 용수철처럼 달려 나갔다. 곡선으로 꺾이는 구간에 들어서면 엄마가 나랑 눈이 마주치길 기다리며 응원하고 있다. 1등으로 달리는 나를 저지하신다. 다른 엄마들과 달리 살살 뛰라는 엉뚱한 응원을 하신다.

1등으로 달리다가도 엄마를 보고 나면 갈등이 생긴다. 이 속력으로 계속 달리고 싶은데 엄마의 응원을 무시할 수 없다. 어중간하게 2등이나 3등으로 들어간다. 기분 나쁜 건 엄마나 나나 똑같다.

초등학교 때 늘 중이염을 달고 살았다. 원인은 과도한 수영이었다. 지금은 마을 위에 저수지가 생기는 바람에 사라지고말았지만, 그땐 웅덩이가 있어 어린 우리가 수영하기에 딱 좋았다. 웅덩이가 넓지 않다 보니 복잡해지면 왕복 코스로 주행하기 힘들어진다. 일찍 가야 했다. 친구들이 물속에 들어갈 때 코를 잡고 잠수하는 데 비해 나는 물속에서도 눈과 코를 활짝 열 수 있었다. 물속에서 물구나무를 서고, 공처럼 몸을 말아 돌기도 하고, 던져주는 돌을 찾아오기도 가능했다. 물귀신이었다. 여름을 그렇게 보냈으니 중이염은 당연했는지도 모른다. 운동신경이 좋았다. 몸은 늘 집보다 밖을 향했다. 집에 돌아오면 책가방 휙 던져놓고 수영하고 물고기 잡고, 소꿉놀이하느라 하루해가 짧았다. 여름 방학은 그야말로 시즌이다. 해가 뜨거워지기 시작하면 나가, 해가 넘어가야 집으로 돌아왔다. 까맣게 익은 채 예쁜 원피스를 입고 있는 그때의 모습은 엄마의 의도와는 전혀 어울리지 않는다.

중이염이 심해진 건 5학년 때부터다. 처음엔 그저 매미 한 마리 들어간 정도에 지나지 않았다. 어차피 밖에도 매미 소리 시끄러우니 귀 안에 한 마리 넣어 다녀도 별문제 없었다. 그러나 여름이 가고 마을에 있던 매미가 다 떠나가는데도 내 귀에 매미는 떠날 줄을 몰랐다. 그제야 엄마에게 매미 좀 꺼내 달라고 말했다. 아무도 몰랐던 매미를 말하고 나니 모두 나를 주목하기 시작했다. 수업 시간에도 선생님 말씀이 잘 들리지 않아 앞자리로 옮기고 더 심해졌을 땐 서서 듣기도 했다. 사태가 심각해진 걸 안 부모님이 병원으로 데리고 갔다. 학교 수업하고 있으면 오전 일을 마친 아빠가 나를 데리러 왔다. 아픈 건 둘째치고 수업 빼먹고 비스 타는 게 좋아서 천방지축이었다.

한 시간쯤 뒤 병원이 떠나갈 듯 비명을 지르는 아이가 있다. 악몽처럼 기억되는 주삿바늘이다. 지금은 약물로도 치료가 가능할 텐데 그땐 귀에다 주삿바늘을 넣어 물을 빼냈다. 엉덩이에 맞는 주사도 아픈데, 근육이라곤 없는 귀속에 주삿바늘을 넣었으니 지금 생각해도 진저리가 쳐진다.

껌을 씹으며 올 때만 해도 좋았다. 껌 씹는 것이 치료에 도움이 된다고 해서 귀한 껌을 눈치 없이 씹는 영광도 누리긴 했다. 병원에 도착해 대기하면서부터 벌벌 떤다. 아빠가 치료 의자에 먼저 앉아 나를 부둥켜안았다. 간호사 언니는 머리를 못 움직이게 잡는다. 의사 선생님은 주사기를 내 귀에다 넣어 귀속에 고인 물을 빼낸다. 찌릿한 몸서리가 온몸의 신경을 곤두세운다. 움직여 봐야 귀만 더 아프다. 할 수 있는 게 없어서 울었다. 한쪽 귀에 한 번으로 성공하면 다행이지만 늘 두세 번 찔러 넣었고 눈물에 코 풍선 범벅이 되어야 진료는 끝이 났다.

고통스러운 치료에도 불구하고 효과는 없고 시일은 점점 흘러갔다. 치료받는 나도, 매번 데리고 다니는 아빠도 힘들긴 마찬가지다. 여기저기 수소문하다 부산까지 가기에 이르렀다. 시골에서 부산까지 다니기 쉽지 않아 방학이 되면 사촌 언니 집에 머물며 치료했다. 부산에서 받는 치료는 주삿바늘 치료가 아니어서 혼자서도 다닐 수 있었다. 한 달 내내 진료받은 덕분에 훨씬 좋아졌다. 물론 부산에선 수영도 못 했으니 그것도 치료에 도움이 됐을 테다. 다음 방학 때도 언니 집 신세를 졌다. 그 외 한약, 신약 어떤 게 약이 되었는지 알기도 어려울 정도로 치료한 덕에 더는 병원 신세 지지 않게 되었다.

살살 뛰라는 엄마의 응원은 당연했다. 반박할 수 없는 것도 잘 알았다. '힘내라'라는 응원을 들어보지 못했다. 잠시의 기쁨보다 딸의 안녕이 더 중요했다. 감기 들거나 몸살이 나면 중이염은 더 심해지니 엄마에겐 운동회가 반갑지 않았다. 다른 건 몰라도 달리기라면 자신 있는데, 그걸 못하게 하니 심술이 이만저만이 아니었다. 1등을 할 수도 없고 그렇다고 2등을 하기도 싫다. 살살 뛰어도 애들이 내 앞을 지나가지 않는다. 결국, 골인 지점에서 어중간하게 2, 3등을 하고 만다. 그래도 일등하고 엄마한테 눈총받는 것보단 그게 나았는지도 모른다.

운동회는 내가 제일 좋아하는 날이었고 그중에 달리기는 제일 쉽고 재미난 일이었다. 릴레이 선수는 늘 내 차지였고, 청군

이 되든 백군이 되든 팀의 막판 점수에 적잖은 기여도 했다. 작은 학교에 나보다 빨리 달리는 아이는 없어 귀 치료받을 때 외에는 일등은 늘 내 차지였다. 그러나 내가 꼭 2등을 할 때가 있었으니 그건 바로 엄마에게 업혀 달리기할 때였다. 출발 신호가 울리면 1등으로 달려가 엄마에게 업힌다. 그러나 내게도 아킬레스건이 있었으니 그건 바로 늦둥이로 태어났다는 것이다. 우리 엄마는 이미 마흔이 훨씬 넘었는데 이제 갓 서른이 넘은 젊은 엄마가 있다. 달리기도 못 하는 애들이 젊은 엄마 덕을 보는 날이다. 젊은 엄마가 내 눈앞을 치고 나가면 경주마처럼 엄마 등을 두드리지만 몸이 마음 같지 않다. 농사만 짓다가 딸의 운동회에 와서 달리려니 몸 따로 마음 따로다. 재촉하는 내 동동거림에 무안했을 엄마 심정을 그땐 알지 못했다.

완치된 줄 알았던 귀가 마흔이 넘어서니 다시 탈이 나기 시작했다. 무리하거나 피로하다 싶으면 먼저 신호를 보낸다. 높은 산에 올라가면 귀가 막히는 먹먹한 상태로 아침을 시작한다. 막혀 있으니 말소리 역시 잘 들리지 않는다. 점심때쯤 되면 서서히 뚫린다. 귀와 코를 연결하는 혈관 확장이 원인이란다. 수축시키는 약을 먹으면 금방 좋아지긴 한다. 어릴 적이랑 원인은 다르지만 비슷한 증상이다. 아팠던 기억이 흉터처럼 남아 잠시만 방심하면 공격할 태세다.

귀보다 몸 상태를 잘 유지해야 함을 알아간다. 영양제 먹으며 무리하지 않아야 함도 안다. 이제 내 나이도 몸 챙겨야 할 나이가 되었나 보다. 어제 다시 목과 어깨 등이 피로해지자 귀가 다시 불편해지기 시작했다. 이번엔 막히는 게 아니라 귀와 머리통 전체가 피로하다고 신호를 보낸다.

과로하지 않아야 한다. 전조증상 같아 일찍이 누워 잠을 청했다. 어릴 적 그림이 파노라마처럼 그려진다. 반도병원 그 주삿바늘을 기억해야 한다. 코너에서 팔을 흔들며, 달리는 나를 제지하던 엄마 모습이 생생하다. 힘내라는 다른 엄마들 틈에 '제발 살살 뛰라'라고 부탁하던 엄마의 힘찬 응원을 기억해야 한다. 비록 내가 바라던 응원은 아니었지만, 엄마가 있었기에 들을 수 있는 응원이었다. 오직 딸의 안녕 하나만을 생각하던 그 진심을 오해하지 말자. 그 어떤 응원보다 진심이었을 엄마의 응원을 기억하자.

인생을 쓰는 시간

뭣이 중헌디

시아버님은 15년 전, 대장암이 간으로 전이돼 돌아가셨다. 수술하시고 5년 동안은 조심하며 무탈하게 지내셨다. 안정기에 접어들자 몸 관리에 소홀하셨다. 술을 드시고 운동도 하지 않고 정기 검진도 다니지 않으셨다. 의사 말보다 당신의 컨디션을 더 믿었다. 얼굴과 눈에 노랗게 황달기가 들어도 치료를 거부하셨다. 수술과 항암 치료도 하지 않겠다고 고집부리셨다. 그러겠다고 약속하고 입원하셨다.

입원하시고 정확히 한 달 보름 만에 돌아가셨다. 하루하루 병세가 짙어가는 게 눈에 보였다. 복수가 차 배가 점점 불러왔다. 눈빛은 힘을 잃어가고 황달기도 점점 심해졌다. 입맛이 없어 드시지도 못하는데 복수 때문인지 체중은 하루하루 늘었다. 그나마 다행인 건, 대부분의 말기 암 환자들이 극심한 고통을 호소하는 데 비해, 아버님은 신기하게 통증이 없으셨다. 참지 말고 아프면 말씀하라고 했지만, 등이 배기는 거 외엔 괜찮다고 하셨다. 잠을 주무시지 못해 수면제를 처방받았다. 약에 취해 밤낮없이 주무셨고 의식이 가물거렸다.

멀리서 자주 오지 못하는 시누이에게 간간이 소식을 전해주었다. 다음 달 즈음 한 번 병문안 올 거라고 했다.

"형님, 아버님 다음 달까지 못 가실지도 몰라요. 그 안에 한 번 다녀가세요."

놀란 시누이는 열 일 제쳐두고 그다음 날 바로 내려오셨다. 형님이 오신 날, 이런저런 이야기를 나누시고 그날 밤에 아버님이 돌아가셨다.

"네가 내일 먼저 오면 안 되겠나?"

어제 아침 엄마한테서 전화가 왔다. 기운이 하나도 없다. 뭔가 탈이 난 모양이다. 구역질이 나고 기운이 없단다. 어제 링거를 맞았는데도 못 일어나겠단다.

내일 아빠 생일 겸, 자서전 출판기념회 겸, 겸사겸사 시골에 갈 예정이다. 영감 생일에, 자식들까지 다 모인다니 바쁜 엄마가, 더 바빠질 게 뻔한데 탈까지 난 모양이다. 당신 몸도 몸이지만, 아무것도 준비하지 못하는 당신 역할에 대한 우려가 크다.

가까우면 금방이라도 달려갈 텐데, 잠시 고민한다.

"엄마, 나 오늘내일 일이 있어 못 가. 토요일에 김 서방이랑 같이 갈게."

전화를 끊고 마음이 편치 않다. 이런 부탁을 한 건 처음인데 내 일 바쁘다고 못 간다고 했다. 전화만 하면 바로 달려올 줄 알았을 텐데 섭섭하시겠다. 아프면 더 서러운 법인데 하나밖에 없는 딸마저 나 몰라라 하니 엄마가 더 기운 없겠다. 직장을 다니는 것도 아니고 특별히 중요한 약속이 있었던 것도 아니다. 오늘, 새벽 모임 하는 동생들이 이사했다고 집으로 오기로 했다. 글도 발행해야 한다. 엄마 말을 들어주지 못한 이유다.

모든 일정 다 취소하고 노트북 들고 갈까? 다시 또 고민한다. 하루 사이에 설마 무슨 일이야 있겠어? 다시 또 생각을 주저앉힌다.

달려가는 대신, 링거 한 번 더 맞으라는 말로 엄마를 다독인다. 밥 안 넘어가면, 좋아하는 우뭇가사리 한 그릇 사 먹고 힘을 내라고 달랜다. 미안하지만 이기적이다. 하필 어제는 줄줄이 일정이 있는 날이었다. 아침 요가에, 고전 수업, 치과, 강의, 그 사이 틈틈이 〈매일메일은자〉도 써서 발행해야 한다. 건망증도 심해져 정신 단단히 차리고 다녀야 하는데, 엄마 전화가 계속 마음에 걸린다.

요가를 마치자마자 바로 고전 수업에 달려갔다. 죽음마저 제자들의 교육 소재로 삼는《소크라테스의 변론》편이다. 죽음에 전혀 연연해하지 않는다. 죽음이 단지 이승에서 저승으로 옮겨 가는 것에 불과하다는 철학자다. 몸은 죽어도 혼은 불멸한다니 불안이나 두려움이 없다.

나는 또 죽음을 생각한다. 이승에서 저승으로 단지 옮겨 가는 게 죽음이란 말이 위안이다. 또 엄마 생각이 난다. 뭣이 중헌디? 이런 부탁이 간혹 마지막이 되어 사무치기도 한다던데, 만약 오늘 그 말이 엄마의 마지막 말이 되기라도 한다면 나는 어쩔까? 수업 시간 내내 편치 않다.

남자들이 여자를 쳐다보는 건 이뻐서 보는 게 아니라, 이쁜가 싶어서 본다는 우스갯소리가 있다. 나를 비롯한 여성들의 착각이다.

인간은 착각과 망각의 동물이다. 제자리에 있는 물건은 내가 버리지 않는 이상 계속 그 자리에 있을 거라고 착각한다. 내가 엄마를 버리지 않으면 엄마도 늘 내 곁에 있을 거라고 착각한다. 늘 그랬듯, 하루쯤 아프다가 툴툴 털고 일어날 거라고 믿는다. 여든이 넘어가면서 종종 다리에 힘이 없어 넘어지는 일이 발생한다. 어지럼증 때문에도 넘어진다. 낙엽 같은 생명을 태산같이 믿고 있다. 늘 곁에 있을 거라고 착각한다. 지난번 사고는 어느새 망각의 다리를 건넜다. 어느 날 갑자기 낙엽처럼 사라질지 모른다. 왜 나는 바로 달려가지 못했을까? 왜 시누이처럼 바로 달려오지 못했을까?

저녁에 다시 전화를 걸었다. 물먹은 화초처럼 생기가 돈다. 아침보다 힘이 있다. 링거 맞고 와 저녁엔 밥을 좀 먹었다고 한다. 김치 담으려고 배추도 뽑아놨다고 한다. 맙소사.

소중한 것에 대한 내 태도를 점검한다. 늘 곁에 있을 거라는 착각 속에 우선순위를 놓친 내 선택을 돌아본다. 앞으로 아마도 더 자주, 이런 시간이 올 것이다. 소중한 것을 다 잃고 나야 뼈가 저릴 것이다.

나무는 고요하고자 하나 바람이 그치지 않고, 자식은 효도하려고 하나 부모는 기다려 주지 않는다는 공자님 말씀은 늘 책에나 있는 글 같다. 언제까지나 남의 일일 것만 같다.

신의(神醫) 장병두 할아버지는 '부모를 섬기는 것이 바로 신을 섬기는 것과 같다.'라고 말했다. 부모도 섬기지 못하면서 교회에 다니고 절에 다니는 것의 오류를 지적했다. 엄마의 부탁 하나 들어주지 못하면서 철학을 배우는 나를 혼내시는 듯하다.

어젠 비록 달려가지 못했지만, 내일은 더 일찍 서둘러 가야겠다. 딸을 기다렸을 엄마를 으스러지도록 안아줘야겠다. 그 속에 내 미안함을 폭 묻어야겠다.

마지막 선물

아빠가 사라졌다. 조금 전까지 내 곁에서 글을 읽던 아빠가 사라졌다. 잠시 뒤 저쪽 구석방에서 나오신다. 눈시울이 붉어지셨다.

"내가 네 글이 감동돼서 눈물이 나온다."

하시며 소파로 돌아와 내 등을 안으신다. 나도 같이 껴안는다. 담배 냄새가 난다. 눈물을 참으려 억지로 담배 한 댈 피우신 모양이다. 잔소리할 타이밍은 아닌 듯하여 삼킨다.

대상을 받았다. 아빠에게 기쁜 소식을 알렸으나 뜬금없는 소리라 잘 알아듣질 못하신다. 내가 글을 쓰고 있다고 한 번도 말한 적 없으니 당연했다. 다음날 다시 전화하셔서는 재차 확인하시고 그제야 기쁨을 누리신다. 한번 다녀가라고 하신다. 보

고 싶고 직접 듣고 싶다는 말씀 같다. 그러나 수상 소식에 이리
저리 불려 다닌다고 내 일이 더 바빴다. 마침 지난주 시간을 내
다녀왔다.

아빠에게 글을 보여준 건 이번이 처음이다. 동시뿐만 아니
라, 그동안 써 온 부모님 이야기들도 같이 프린트해서 가져갔
다. 글 꽤 읽으신 아빠도 역시 동시는 좀 어려워하셨다. 쉬운 글
이지만 동심과 여든다섯의 거리는 너무 멀었다. 그러나 읽으며
바로 이해하고 웃으시는 글도 있다.

한참을 읽어보고 또 넘겨보고 나서 두 분 이야기를 읽으신
다. 한글이 어두운 엄마는 소리 내어 크게 읽으라고 아빠를 재
촉한다. 딸이 쓴 이야기는 재미있으나 당신들 이야기라 쑥스러
워하신다. 마늘을 까며 듣던 엄마는 부끄러운 이야기를 뭣 하
러 쓰냐며 아직 세상에 나오지도 않은 글을 타박하신다. 그렇
게 읽던 아빠가 사라지신 거다.

눈물은 늘 아빠 담당이다. 드라마를 봐도 우는 사람은 아빠
다. 엄마는 우는 아빠를 놀려먹는다. 왜 눈물이 나셨는지 모르
겠다. 아빠가 우니 나도 따라 찡해진다. 무덤덤한 엄마는 마늘
까던 손으로 아빠의 옆구리를 쿡 찌른다.

아빠는 우리 앞에서 눈물 보이지 않으려고 저쪽 구석방에 가

서 몰래 담배 한 대를 피우시며 눈물을 삼키고 오신 모양이다. 솔직한 아빠는 그것 또한 숨기지 않는다. 그동안 글 쓴다고 수고한 딸도 대단하지만, 딸이 글 쓰는 걸 허락해 준 사위도 고맙다. 살림하는 사람이 글 쓴다고 앉아 있으면 당연히 집안일에 소홀했을 텐데, 그걸 다 이해해 준 사위가 고맙고 미안하다. 말하지 않으면 모를 일을 아빠는 표현하신다. 사위는 손사래를 치며, 아무것도 도와준 것 없다고 뒤로 빠진다. 글 쓰는 건 도와주진 못했지만 살림을 도와줬으니 방해만 안 한 게 아니라 톡톡히 힘이 돼 주었다.

셋째 오빠가 2학기에 접어들면서 교장 승진이 되었다. 시골 노인들 교장 선생님이라 하면 대통령 다음으로 높은 벼슬이라 여기니 기쁘지 않을 수 없다. 거기다 별거 아니지만 나도 한몫하고 보니 두 분이 오랜만에 신이 나셨다. 집에 도착하자마자 아빠가 축하한다며 봉투 하나를 주신다. 오빠 승진했다고 동네 분들 점심 식사까지 대접하셨다던데, 봉투까지 건네주신다. 입 닫고 가만있었으면 아무도 몰랐을 텐데 돈 쓰면서도 자랑이 하고 싶으셨나 보다. 나는 그 봉투를 내 주머니 대신 고마운 남편에게 넘겼다. 사양하지 않을까 했던 남편이 넙죽 받는다. 아니 이 양반이? 그래, 당신도 받을 자격 있다. 내가 노트북 붙들고 앉아 있는 동안 고생 많이 했다. 시장보기나 식사 준비, 집안에 필요한 물건 준비 등 군말 없이 도와줬다. 내 돈도 내 돈이고 네 돈도 내 돈이다. 엄마에게 용돈을 드렸더니 엄마는 또 반을 뚝 떼어선 고맙다며 사위에게 넘긴다. 예상치 못한 일이다. 그저 자식들 경사가 좋아 돈은 '돈 따위'로 취급하시는 듯하다. 잠시 머리를 긁적거리며 머뭇거리던가 싶던 사위는 또 넙죽 받는다. 김 서방 물 만났다. 아무것도 안 했다던 사람치곤 제법 두둑해졌다. 방해 안 하고 가만있었다는 사람치곤 제법 쏠쏠하다.

아빠가 평생으로 하고 싶었던 일이 책 읽고 글 쓰고 가르치는 선생질이었다. 할아버지는 일찍이 아빠의 재능을 알아보시고 어릴 때부터 아빠를 서당에 보내셨다. 집안의 편지들과 문서들을 읽고 책임질 사람이 있어야 한다며 그 역할을 아빠에게 맡기셨다. 영특한 아빠는 지령에 잘 따라주셨다. 낮에는 학교 다니시고 농사일 거들다가 밤이 되면 서당 훈장님 댁으로 가 천자문이며 소학, 대학을 배우셨다. 선생님 곁에서 잠을 자며 학문은 물론 인성까지 많이 배울 수 있었다고 하셨다. 6.25사변이 아니었다면 제법 공부도 이어가셨을 텐데, 겨우 초등학교만 졸업하시고 농촌에서 한평생을 마감하시는 게 안타까울 따름이다.

다섯 자녀 중에 셋째 오빠랑 내가 부족하지만 그런 아빠를 조금은 닮아 읽고 쓰기를 즐기는 편이다. 우리가 아빠의 한을 손톱만큼이나마 덜어 드렸나 보다. 아빠가 당신 일처럼 기뻐하신다. 내 손을 꼭 잡으시고 놓질 않으신다. 이틀 동안 제일 많이 들은 말이 고맙다는 말씀이다. 이 좋은 머리를 공부 많이 시키지 못해 미안하다고 하신다. 공부 제대로 시켰으면 일찍 길을 찾아갔을 텐데 그러지 못했다며 아쉬워하신다. 하지만 나는 공부를 좋아하지도 않았을뿐더러 머리가 좋았던 건 더더욱 아니다. 뒤늦게 평생 할 수 있는 재미난 일거리를 찾았을 뿐이다.

정상에다 깃발을 꽂고 과거를 돌아보신다. 잘한다고 했던 일들도 후회되고, 형편이 안 돼서 못 했던 일들은 두고두고 후회된다. 좋으면서 후회가 된다. 오르지 않았으면 생각지도 못했을 일들이 떠오른다. 어려운 형편에 다섯 자식 이만큼 키워주시고 마음 탄탄하게 길러주신 것만 해도 감사한 일을 자꾸 미안하다고 하신다.

감동한 김에 아빠 목을 조른다. 출판사에 투고하면 받아줄 것 같냐는, 하나 마나 한 질문을 한다. 잘 썼다고 말하라고 억지를 부린다. 내 마음을 아는 아빠는 부족해도 인정해 주신다. 몇 번이나 읽고 수정한 글인데도 꼼꼼한 아빠 눈에 오타가 보인다.

아빠는 지금, 세상에서 딸이 제일 자랑스럽다. 대통령도 장관도 안 부럽다. 내 눈앞에 재롱떠는 딸이 제일 이쁘다. 우수상도 아니고 대상이라니, 말로는 믿기질 않고 이대로 끝내기가 아쉽다. 〈대상〉이란 글자가 어디 있냐고 재차 물어보시고 확인하신다. 이나마 건강하시고 이나마 보실 수 있을 때 이런 기쁨이라도 드릴 수 있어 감사하다. 운명이 허락한다면 두 분의 건강이 지금만큼이라도 보존되어 있을 때, 두 분께 글을 전하고 싶다.

마른 논에 물들어가는 것과 자식 입에 밥 들어가는 것만큼 좋은 게 없다고 한다. 자식들 겹경사에 밥 안 먹어도 배부르신 두 분이시다. 성과에 욕심을 얹어 글이 책이 되길 바란다. 아빠의 눈물이 웃음이 되는 날을 상상하며 마지막 선물을 준비한다. 내 바람이 너무 늦지 않았으면 하는 간절한 소망이다.

도둑고양이

　까만 봉지 하나가 기둥 못에 걸려있다. 구수한 냄새에 본능적으로 끌린다. 막내 오빠도 손이 안 닿고, 나는 닿을 턱이 없다. 합체! 오빠가 나를 안아서 올려준다. 엄마가 장에서 사 온 손가락 길이만 한 어묵이다. 마음 같아선 열 개 아니라 스무 개도 먹어 치울 수 있지만, 양심상 하나씩만 맛보고 다시 걸어둔다.

　어린 시절은 레이더가 늘 음식에 집중돼 있었다. 황소처럼 먹어대는 오빠들과 그 속에 낀 하이에나 같은 나, 엄마는 어쩔 수 없이 음식을 숨기고 아껴야 했다. 온전히 풀어 놓으면 집안 기둥까지 갉아 먹을 우리였다. 어묵 그까짓 것 지금은 거들떠보지도 않는 음식을 그 시절엔 귀해서 손 안 닿는 높은 곳에 매달아 놔야만 했다.

잘 먹는 오빠들 속에 자란 나도 아들 못지않은 식성을 보였다. 아빠는, 아침부터 국그릇에 밥을 먹는 나를 보며 소를 한 마리 더 키웠으면 키웠지, 나 못 키우겠다고 하셨다. 소는 키워서 팔면 돈이라도 되지만 나는 팔 수도 없으니 웃으며 말했지만, 그게 진심이었는지도 모른다. 새벽 일을 마치고 온 엄마 아빠랑 학교 갈 준비를 마친 내가 둥그런 상에 앉아 아침밥을 먹었다. 일은 두 분이 하고 오셨는데, 입맛은 내가 돈다. 내가 중학생이 되었을 땐 오빠 네 명은 이미 다 사회로 나갔고 집엔 나 홀로 남았다. 오빠들은 밥도 마음껏 못 먹었다는데 그나마 나는 배고팠던 기억은 별로 없다. 아침부터 한 대접을 먹는 딸은 이뻤을까? 나 대신 소를 한 마리 더 키우는 게 낫겠다는 아빠 말은 진심을 따져봐야겠다.

작은방 옆엔 뒤주가 있었다. 방만큼이나 중요한 장소이기에 아예 방 옆에 한 칸을 붙여서 집을 지었다. 사도세자가 들어간 작은 뒤주가 아니라 사람이 들어가 걸어 다닐 수 있을 정도의 좁고 긴 뒤주다. 뺏다 끼웠다 할 수 있는 한 뼘 남짓한 나무 문짝 15개가 문의 역할을 했다. 벼 타작하고 나면 나락을 뒤주 안에 가득 부어 놓고 그때그때 필요한 만큼 꺼내서 찧어 먹는다. 문 15개가 다 닫혔다는 건 뒤주가 꽉 찼다는 말이다. 곡식의 양이 줄어들면 문짝도 하나씩 낮아졌다. 숫자를 맞춰 끼우면서 자연스레 수를 익혔고, 편집증 환자처럼 순서에 집착하기도 했다.

　설 명절이 다가오면 마을 아주머니들 두세 명이 서로 품앗이해가며 쌀강정을 만들었다. 비닐을 깔고 재료를 준비해 자리에 앉으면 큰 방 하나가 꽉 찼다. 전기밥솥엔 따뜻하게 녹인 물엿이 쇠 국자와 함께 담겨있다. 튀겨놓은 쌀도 한 자루다. 옆에서 지켜보며 강정이 만들어지기도 전에 한 주먹씩 집어 먹는다. 물엿에 버무린 쌀을 네모난 나무틀에 넣고 방망이로 납작하게 밀어야 한다. 틀의 모양에 맞춰 빈 곳이 없도록 꼭꼭 채워 넣는다. 많아도 안 되고 부족해도 안 된다. 많은 양을 억지로 꾹꾹 눌러서 밀면 과자가 딱딱해진다. 반대로 쌀 양이 너무 적어도 헐렁해서 바삭한 맛을 느낄 수 없다. 게다가 재빨리 하지 않으면 물엿은 이내 굳어버린다. 양과 시간과 힘 조절까지 삼박자가 맞아야 맛있는 강정이 만들어진다.

　콩이나 검은깨도 간혹 들어가지만, 그건 제사용이거나 손님용이라 감히 손댈 수 없다. 네모반듯하게 민 강정을 옆으로 밀어 보내면 또 다른 아주머니는 굳은 강정을 먹기 좋은 크기로 썬다. 적당히 마른 후에라야 쓱쓱 칼질이 되지 마르기도 전에 자르고자 덤비면 다 으스러져 버린다. 자 없이도 반듯반듯하게 잘라내는 아주머니는 달인이다. 먼저 가로세로 정중앙을 한 번씩 자르고 더 작은 크기로 잘라낸다. 도마 주위엔 부스러기가 수북하다. 응당 부스러진 강정이 우리 몫이지만, 우리도 가루보다 제대로 된 강정이 먹고 싶다. 하얀 자루로 들어가기 전에 얼른 몇 개를 집어 먹는다.

 커다란 비닐봉지에 넣은 강정은 쥐도 새도 모르게 뒤주로 들어간다. 한꺼번에 풀어놓으면 설도 안 돼 사라질 강정이다. 그러나 도둑고양이들은 그것이 어디에 있든 간에 찾아내는 본성이 있다. 설마 했던 그곳에 강정 봉지가 있다. 그러나 문짝은 아직 두 개밖에 열지 못한다. 덩치 큰 오빠들이 들어가려면 서너 개는 열어야 하는데, 그랬다간 벼가 앞으로 다 쏟아질 지경이다. 이럴 때 딱 필요한 새끼 고양이가 있다. 오빠들은 나를 번쩍 안아서 뒤주 안에 밀어 넣는다. 강정을 꺼내 오라는 주문이다. 작은 고양이는 어느새 까끌까끌한 벼 위를 기어가 제 몸집만 한 강정 봉지를 끌고 나온다. 캄캄하고 무섭지만, 오빠들이 눈을 반짝이며 비춰주고 있으니 용감하게 끌고 나온다. 엄마는 들어갈 수도 없었던 뒤주 속에 어떻게 강정을 넣었을까? 숨겨둬야만 했던 그 심정은 어떠했을까? 맛있게 먹은 기억은 없고, 도둑고양이처럼 쌀겨 위를 기어가던 기억이 남았다. 박완서 작가의 수필에서나 나올 법한 오래된 기억이다. 엄마는 뒤늦게 돌아와 얼마나 황당하고 기가 막혔을까? 마지막 남은 비밀 장소마저 다 들켜버리고 빈 봉지를 보며 웃었을까, 화를 냈을까?

음식은 늘 부족했다는데 사진 속 오빠들은 모두 통통하다. 넷이 나란히 찍은 사진엔 고달픔을 느낄 수 없다. 그러나 지금 그 오빠들은 하나같이 모두 말랐다. 그 살들은 다 어디로 갔는지, 음식 흔한 세상에 어울리지 않는 몸을 하고 있다. 엄마는 도저히 살이 찌지 않는 아들들을 보며 후회하신다. 그때 많이 먹였어야 했는데 그러질 못했다고 시절을 원망하고, 자신을 탓한다. 먹으려고 할 때는 없어서 못 먹였는데 지금은 많이 준비하는데도 먹지 않는다. 점점 아빠를 닮아가는 회귀본능 같기도 하다. 오히려 과식하면 더부룩해서 불편하다는 자식들 말에 격세지감을 느낀다. 마음껏 먹이고팠던 시절엔 음식이 없었고, 지금은 남아도는데도 먹을 사람이 없다.

남편은 도시에서 음식 귀한 줄 모르고 비교적 부유하게 자랐다. 우리가 도둑고양이 이야길 하면 다른 나라 이야기로 들린다. 어머님은 돈을 가지고 뭘 해야 할지 몰라서 먹고 입히는 데만 돈을 썼다고 하셨다. 요즘 같으면 교육에 신경을 썼을 텐데, 공부시킬 생각을 못 했다며 안타까워하신다. 풍족하게 산 덕분인지 남편은 식비를 아끼고 일일이 계산하는 내가 못마땅하고 낯설다. 늘 아이들 간식 떨어지지 않도록 대용량을 주문한다.

오늘도 택배 두 개가 왔다. 택배 기사님은 우리 집의 정체가 궁금할지도 모른다. 라면, 시리얼, 곰탕, 베이컨, 치킨 등 그때의 어머님처럼 넉넉히 주문한다. 택배 상자를 집안으로 들이니 그때 그 도둑고양이들이 우르르 따라 들어온다. 문을 닫으려는 찰나, 벼 묻은 새끼 고양이 한 마리도 따라 들어온다. 오랜만에 합체다.

굶주린 도둑고양이들 뻔히 보면서 매번 음식을 숨겨야 했을 엄마의 마음은 오죽했을까? 세상에 어느 부모가 자식들 굶기고 싶겠냐만 그럴 수밖에 없었던 상황을 이해한다. 실컷 먹고 싶은 게 자식들 바람이었듯, 실컷 먹이고 싶은 게 부모의 바람이지 않았을까?

힘든 시절을 같이 보냈다. 뒤주 속을 기어 다니던 도둑고양이도 그 속을 다 지나왔다. 돌아보니 그저 웃음만 남았다.

그때를 아십니까?

　요즘 웬만한 가정엔 다 있는 건조기를 이제야 들인다. 여태 껏 건조기 없이 몇십 년의 장마철과 햇볕 없는 겨울을 보냈다.

　제대하고 난 후 아들은 우리 집 시설이 군대보다 못하다고 말했다. 어느새인가 군 시설에도 여름엔 시원하고 겨울엔 따뜻한 환경이 조성되었다. 제대하고 보니, 여름엔 덥고 겨울엔 추운 주택이다. 여태껏 살아보지 않았던 집처럼 낯선 불편함이다. 더워도 2인 이상이 되어야 에어컨 켤 수 있게 하고 건조기도 없으니 우리 집이 군대보다 못하다는 말이 이해되고도 남는다.

　지난주 연일 계속되는 장맛비에 빨래는 바구니에 차고 넘쳤다. 아들의 땀 젖은 운동복은 매일 나오고 네 식구 수건도 셀 수 없이 나온다. 빨래 바구니 맨 밑에 있는 옷은 썩는 게 아닌지 걱정이다. 아들의 넋두리에도 그냥저냥 지냈는데, 작은 집으로 이사 오고 보니 비 오는 날에 빨래를 말릴 수 없어 건조기를 들이기로 했다.

어린 시절엔 건조기는커녕 세탁기도 없었다. 빨래는 모두 개울에서 해야 했고, 그 모든 일은 엄마의 몫이었다. 험하게 뛰어노는 아들 넷과 농사꾼의 옷은 늘 흙 묻어 있기 예사였다. 많은 식구의 빨래를 어떻게 다 씻고 어떻게 다 말렸을까? 지금처럼 깨끗이 자주 씻지도 못할뿐더러 바짝 말리지 못하고 입는 날도 많았을 테다. 씻을 옷이 나올 때마다 빨래하러 갈 여유도 없었거니와, 빨래도 한나절 일거리로 삼았던 것 같다. 볕 좋은 날에 옷걸이에 주렁주렁 걸린 옷을 점검하며 씻을 옷을 꺼냈다.

여름철엔 그나마 다행이다. 큰 대야에 한가득 빨래를 담아 비누통을 들고 개울로 나갔다. 빨래판이 될 만한 반반하고 널찍한 돌을 끼고 앉아 빨래를 문지른다. 뻣뻣한 옷은 손안에 들어오지 않아 방망이질해 가며 땟국물을 씻어냈다. 이웃집 아주머니들까지 나오면 빨래터가 동네 수다방이 된다. 옷을 뚫어 버릴 듯 방망이질하는 그 속에 말 못 할 스트레스가 있었던 건 아닌지 모르겠다. 넋두리와 웃음이 해우소가 돼 주기도 하는 빨래터였다. 둘이서 마주 앉아 빨래하면 서로의 비누 거품을 피해서 옷을 헹굴 수 있지만, 여러 명이 동시에 빨래터로 나오면 헹굼이 쉽지 않다. 위에선 계속 땟물과 거품이 내려와 꼼꼼한 엄마는 제일 위로 가서 한 번 더 헹궜다. 나는 오빠들의 운동화를 씻으며 엄마 곁을 지켰다.

문제는 겨울철이다. 꽁꽁 언 개울물에 빨래하는 건 이만저만 손이 시린 게 아니다. 고무장갑도 없을 때였나 보다. 큰 대야 가득 뜨거운 물을 넣고, 가루 세제를 넣어 거품을 낸다. 딱딱한 빨랫비누 대신 가루비누가 나왔다. 파란 봉지에 쓰인 이름 '히드라'.(나는 왜 이런 것까지 기억하고 있는지 알 수 없음) 냉장고가 나왔을 때 만큼이나 혁명 같았을 테다. 세제가 녹고 나면 속옷이나 하얀 옷들은 먼저 비벼 애벌빨래를 하고 그 위에 어두운색 옷을 올려 개울로 나간다. 옷마다 물을 먹어 대야의 무게를 가늠하기 힘들다. 아빠가 똬리 위에 대야를 올려주지만 내릴 때도 혼자 내릴 수 없다. 엄마를 따라가 대야를 내리고 엄마 곁에 자리를 잡고 앉는다. 물가 고인 물엔 살얼음이 얼어있고 물은 빨래를 하기엔 아까울 정도로 영롱하다. 손을 넣어보지 않아도 시리다. 엄마를 도와 조물조물 빨래해 보지만 뜨거운 물에 담긴 옷은 뜨겁고, 개울물은 손이 시려 이러지도 저러지도 못한다.

"엄마는 손 안 시리나?"

"요 안에 뜨신 물이 있응께 개안타."

엄마의 손은 손 이상의 역할을 한다. 뭐든 빨리해 내야 하니 엄살은 부려봐야 통할 리도 없다. 뜨거움에도 차가움에도 무뎌진 두꺼운 살갗만 남았을 뿐이다. 게다가 엄마 손은 유난히도 컸다. 외할아버지를 닮았기도 했지만, 어쩌면 생존을 위해 갈고리처럼 더 커졌는지도 모른다. 그 큰 손으로 우둑우둑 옷을 씻으면 남아날 때가 없을 것 같았다. 미처 씻기지 않는 해묵은 얼룩에는 침을 뱉어 문질러 씻었다. 그게 무슨 효과가 있는지, 엄마는 나에게도 그걸 지혜랍시고 가르쳐 주기도 했었다. 지금 내 손도 엄마를 닮아 크지만, 엄마와는 다른 용도로 쓰고 있는 것 같다.

소설 《파친코》에서 선자가 개울에서 빨래하던 모습을 보며 내 기억을 떠올려 봤다. 어릴 적 시골에서 보고, 해 본 경험들이 내 자산이 되었음을 글을 쓰면서 확인하고 있다. 이런 얘기를 도시 친구들과 나누면 박경리나 박완서 작가의 글에서나 본 이야기라고 놀린다. 나보다 10살이나 많아도 도시에서 자란 사람들에겐 낯선 일이란 걸 알았다. 그만큼 내가 자란 곳에 문명이 늦었음을 안다. 그 덕분에 뼛속까지 촌스럽지만, 전혀 부끄럽지 않은 보석 같은 기억들이다.

글을 쓰고 있는 사이 기사님이 도착했다.

집이 작다 보니 갖고 싶은 모델보다 문 폭에 들어올 수 있는 제품을 골라야 했다. 1cm 정도 여유 있는 제품이 겨우 집 안으로 들어왔다. 희한한 구조의 집이라 현관문부터 2개의 문을 더 지나 겨우 제자리에 안착했다. 남편이 선택한 건 검은색 건조기다. 내가 더 많이 사용할 물건이지만, 내 의향은 물어보지도 않고 자기 취향의 것을 선택했다. 그것마저 아무렇지도 않은 나도 이 집의 구조만큼이나 희한한 여자 같다.

주택이라 그런지 기사님이 세 분이나 오셨다. 이 더위에 회사 마크가 새겨진 조끼까지 입고 땀을 뻘뻘 흘리는 걸 보니 나 좋자고 하는 일이 괜스레 미안해진다. 세탁기만큼이나 신기한 기계다. 장마철에도 겨울에도 냄새 걱정 없이 말릴 수 있다니 기대된다.

이른 더위가 불볕인 듯 기승을 부리더니 습기를 머금은 먹구름이 다가온다. 곧 남은 장맛비가 시작될 모양이다. 난생처음 건조기를 사용해 볼 시간이 다가온다. 촌스럽지 않게 제대로 사용하고 싶은데, 기계치라 잘 사용할 수 있을지 모르겠다. 이 녀석 덕분에 그때 그 겨울 시린 개울 물을 만났다. 소중한 기억이 차곡차곡 쌓여 있음을 본다. 시원한 찬물을 한 바가지 뒤집어쓴 듯 개운해진다. 여름 더위도 순간 날아간다.

액땜

    그날은 감을 따던 날이다. 바로 엄마 눈앞에서 아빠가 떨어졌다. 추수철이 되면 이것저것 한꺼번에 거둬들여야 할 농작물로 눈코 뜰 새 없이 바쁘다. 간혹 오빠들이 주말에 내려가 도움을 주기도 하지만 온전히 두 분 몫이다.

    어릴 적부터 있던 키 큰 감나무다. 오르지 않고 감을 따기엔 나무가 너무 높다. 엄마는 밑에서 작대기로 따고 아빠는 나무 위에 올라가서 딴다. 광주리를 나무에 묶어놓고 따 담는다. 가득 찬 바구니를 아래로 내려보내면 밑에서 꺼내고 다시 빈 광주리를 올려보냈다. 다시 옆 가지로 옮겨 간다는 게 그만 발을 헛짚고 말았다. 몸을 추스를 새도 없이, 잘 익은 홍시처럼 아빠는 그대로 떨어졌다. 그 모습을 눈앞에서 본 엄마다.

    '어이쿠, 이번엔 죽겠구나.'

떨어진 곳에 안전지대라는 게 있을 리 없다. 아빠는 하필 담벼락 뒤로 떨어졌다. 눈앞에서 벌어진 일에 아연실색이다. 놀란 가슴은 뒷전이고 아빠를 향해 달려간다. 그동안 잘 지나갔는데, 이번엔 큰일이 날 것 같다. 저 높이에서 떨어졌으니 산다면 기적이다. 하지만 불행 중 다행으로 돌무더기 옆 나뭇단 쌓아 둔 곳에 걸쳐서 떨어졌다. 다행히 스스로 일어난다. 큰 외상은 없다. 기적이다. 다만 허리뼈 두 마디에 금이 가 지금까지도 고질병으로 남아있다. 죽을 일에 살아남았으니 액땜이라고 치자.

김장하러 시골에 왔다. 이제 웬만한 사건은 자녀들에게 알릴 염치가 없다. 사고는 왜 그렇게도 자주 일어나는지, 부모가 자식 걱정해야 하는데 늘 자식들에게 걱정만 끼치는 부모 같다.

결혼식 때나 꼈을 법한 하얀 면장갑을 아빠가 끼고 있다. 손이 시려 그런 거려니 했는데 장갑 밖으로 살짝 삐져나온, 때 낀 거즈가 보인다. 아빠와 거즈를 바라보며 놀란 눈으로 물었다. 아빠는 들켰다는 듯 허허 웃으신다. 장갑을 벗겨 손을 살펴본다. 알아채지 못했으면 절대 말하지 않았을 일이다. 늙은 두 분이 놀라 우왕좌왕했을 모습이 먼저 떠오른다.

서예 교실 다녀와서 창고에 있는 양파를 손보러 가는 길이었다. 자식들 생각해서 몇 망 사다 놨는데, 남은 게 썩어간다. 먹을 수 있는 것과 버릴 것을 정리해야 했다. 날은 어둑하고 골목 길엔 희미한 가로등만 비추고 있다. 갑자기 다리에 기운이 쭉 빠지면서 종종걸음이 쳐지며 앞으로 넘어지려고 했다. 이상한 일이다. 안 되겠다 싶어 발길을 돌리려는데 마음과 달리 몸은 그대로 앞으로 쭉 미끄러졌다. 내리막길 시멘트 바닥이다. 거친 바닥에 내디딘 손을 그대로 갈아버렸다. 얼굴도 바닥을 쓸었다. 몸은 약했지만 이런 일은 처음이다. 갑자기 왜 다리에 힘이 빠졌는지 설명하기 힘들다. 엉겁결에 내뻗은 손바닥에 뜨거운 화기가 인다. 엉거주춤 일어나 집으로 가며 엄마를 불렀다. 그러나 맨 구석 온돌방에 있던 엄마에게 아빠 소리는 들리지 않았다. 집에 들어와서야 손바닥이 다 패이고 피로 흥건해진 걸 알아챘다. 그때야 엄마도 아빠 소리를 듣고 나온다. 입술과 이마도 터져 피가 바닥에 줄줄 흐른다. 피를 보니 놀라고 무섭다. 엄마는 얼른 차가 있는 이장 집으로 달려간다. 이장이 와서 보니 사태가 생각보다 심각하다. 직접 데리고 병원에 가려다가 119를 불러준다. 엄지손가락 밑에 불룩한 근육이 다 패였다. 껍질과 살이 흐물흐물 다 일어났다. 응급실에 가 양 손바닥을 열 바늘씩 꿰맸다고 한다. 한 손은 그저께 실밥을 뺐고 한 손은 아직도 거즈가 붙어있다.

　두 분에게 사고는 주기적으로 일어났다. 엄마 아니면 아빠,

아빠가 아니면 엄마. 작년 이맘땐 엄마가 넘어져 무릎에 금이 갔고 그 전해엔 아빠 오토바이 사고, 그 전해엔 아빠 스턴트 시술….

아프고 놀랐을 아빠에게 위로 대신 너무도 쉽게 '액땜'이란 말이 튀어나온다. 그동안의 큰 사고들에 비하면 이까짓 일은 액땜에 불과하다. 안 아픈 사고가 어디 있고 놀라지 않을 사건이 어디 있으랴만 두 분에게 이 정도 사고는 그나마 수월하게 넘어간 사건이다. 워낙 큰 사고 많이 겪다 보니 이 정도는 액땜 따위로 보는 여유가 생겼다. 큰 사고들이 가르쳐 준 원하지 않았던 지혜다.

남편은 우리 식구들과는 체형이 아예 다르다. 마르고 긴 오빠들에 비해 남편은 손과 발은 물론 전체적으로 통통한 편이다. 엄마는 진심으로 사위의 굵은 허벅지가 탐이 난다. 그것이 가능하다면 사위 허벅지를 떼어 아들들에게 골고루 나눠주고 싶은 심정이다. 뭘 먹으면 그렇게 굵어질 수 있는지, 특별한 비법이 있는 건 아닌지 묻는다.

그렇게 실한 사위 다리가 골절됐다니 믿을 수 없다. 수술한 다리를 직접 보고도 믿어지지 않는다. 어쭙잖게 넘어져 골절됐다는 걸 믿으려 하지 않으신다. 그래도 머리 다치지 않은 게 다행이고 신경이나 연골 다치지 않아 다행이라고 우리를 위로한다.

부러진 한쪽 다리를 붙잡고 하늘을 원망하기보다 안 부러진 반대 다리에 감사해야 함을 안다. 생각지도 못한 사고다. 다칠 일도 아닌데 다쳤다. 그래도 이만하기 다행이라고, 액땜으로 여긴다. 시간만 지나면 나을 병이라고 못내 위로한다.

일 년 농사, 김장을 마쳤다. 끝도 없이 나오는 배추에 엄마도 나도 올케언니도 모두 배추처럼 절여졌다. 몸도 성치 않은 엄마는 이미 며칠 전부터 절여졌다. 자식들 모두 돌아가고 나면 며칠 몸살을 앓으실 테다. 정작 당신은 몇 포기 드시지도 않으시면서 우리 먹으라고 이렇게 많은 걸 준비하셨다. 두루두루 맛있게 나눠 먹으라는 부모님의 사랑임을 안다. 오랜만의 노동에 허리가 뻐근하지만 든든해졌다. 일 년 농사다. 남편이 사 온 뜨끈한 사케가 피로를 잊게 한다.

'감사하다'의 반대말은 '당연하다'라고 한다. 아무 일 없는 평범한 일상이, 내 시간을 내 계획대로 쓸 수 있는 평안함이 당연한 일이 아니라 최고로 감사한 일이란 걸 안다. 해가 뜨고 지는 일부터 내 몸을 내 마음대로 움직일 수 있는 것, 가족이 건강한 것까지 당연한 일로 착각한다. 어려움에 닥치고 일상이 무너지고 나서야 감사를 떠올린다. 하늘을 보면 바람과 소원이 끝이 없다. 아래를 내려다보면 나 있는 곳이 곧 천국인 걸 안다.

풍족하지 않은 현재가 곧 풍요임을 안다.

아빠는 흰 장갑을 끼고, 우리는 그마저도 다행이라고 말한다. 오늘, 차가운 병원이 아니라 집에서 다 모일 수 있어서 감사하다고 말한다. 아무렇지 않게 술이 술술 넘어간다.

인생을 쓰는 시간

Episode 3

유난히 엄마 생각이 납니다

선비와 왈가닥의 만학 로맨스

2018년 11월 〈EBS 1 장수의 비밀〉 프로에 엄마 아빠의 이야기가 방송됐다. 제목은 장수의 비밀인데, 장수와는 별 상관없는 그저 노부부의 일상을 보여주는 프로다. 평생 선비의 삶을 사시는 아빠와 왈가닥 엄마가 서로 다름을 어떻게 섞어가며 사는지를 재미나게 연출하셨다. 미리 와서 사전인터뷰를 하고 2박 3일 제법 긴 시간을 촬영해 가셨다. 그렇게 탄생한 제목이 〈선비와 왈가닥의 만학 로맨스〉이다.

촬영이 있다지만, 일부러 찾아가지도 못하고 전화로만 진행 상황을 전해 들었다. 촬영은 며칠 동안 진행되었다. 고추밭을 찾아와 두 분 일하는 모습을 찍고, 집 안 구석구석을 찾아다니며 특색 있는 장면을 이야기로 만들어 냈다.

서예 교실과 향교를 따라다니며 아빠의 하루를 촬영하고, 엄마의 노래 교실과 장구 교실을 따라다니며 서로 대비되는 점을 강조했다. 책 보고 글 쓰는 아빠는 더 선비답게, 노래 부르고 우스갯소리 잘하는 엄마는 더 왈가닥답게 이야기를 만들어 갔다. 아빠를 남편처럼 대하지 않고, 막내아들처럼 챙겨주는 엄마를 돋보이게 했고, 엄마를 챙기는 아빠를 더 점잖게 드러내 보였다. 서로 다름을 조화롭게 맞춰 사는 듯 짐짓 아름답게 연출했다. 그러나 글에도 절정이 있어야 하듯 두 분 이야기에도 위기가 필요했다. 즐거움은 여기까지였다.

　학벌은 제일 낫지만, 서열로는 1순위인 엄마가 유일하게 작아지는 순간이 촬영장에서도 드러났다. 그건 바로 한글을 배울 때였다. 귀신같은 PD가 이 순간의 묘미를 놓칠 리 없다. 전기 요금 고지서를 제대로 읽지 못하는 엄마를 포착했다. 뉴스 자막을 빨리 읽지 못하는 엄마를 발견했다. 왠지 기어들어 가는 목소리에 회심의 미소를 지었을 테다. 아킬레우스에게 유일한 약점이 뒤꿈치였듯, 엄마에게 유일한 아킬레스건이 문맹이었다.

　아빠에게 한글을 배우는 장면을 연출했다. 네모난 밥상을 거실에 펴고 앉아 읽고 쓰기를 배우는 장면이다. 집에서 늘 봤던 그림이 TV 화면에 나오니, 내가 마치 그곳에 가 있는 듯하다. 맹자 공자도 아니고 우리 집 주소를 읽고, 자식들 이름 쓰는 것이 오늘의 숙제다. 우선 '경상남도'를 읽고 따라 써 보라고 한다. 그러나 엄마가 따라 쓴 글은 '경상도'다. 그마저도 '남'자를 빠트렸다. 따라 보고 쓰는 것도 쉽지 않다. 처음 미션도 제대로 못 했는데, 다음 단계, 받아쓰기로 넘어간다. '임종관'. 셋째 아들 이름을 쓰라고 한다. 과연 엄마가 성공했을까? 따라 쓰는 것도 안 되는데 말이다. 역시나 엄마가 쓴 답은 오답이다. 교장 선생님이 된 오빠가 장관이 되길 바라는 마음일까? 엄마는 '종'자를 '장'자로 써났다.

"멍충아!" 하며 그것도 제대로 못 쓰는 당신을 자책한다. 영감 보기, 카메라 보기 부끄러워 그만 자리를 털고 일어나 버린다. 아빠도 그런 엄마에게 가르치는 사람도 재미가 없다며 한마디를 더 보탠다. 스트레스가 쌓일 땐 노래 교실에 가야 하는 엄마다. 연필 대신 마이크를 찾아간다. 절정으로 치닫는가 싶던 염려도 잠시, 엄마는 노래 두 곡에 다 풀어져 버린다. 짐짓 미안한 아빠는 헬멧을 챙겨 엄마를 마중 나가는 걸로 두 분의 이야기는 아름답게 끝이 났다.

아빠는 평생 선비다운 삶을 사셨고 마지막까지 선비로 살고자 하신다. 하지만 엄마 눈엔 맨날 어린애 같아 보인다. 엄마가 농부에게 최적화된 몸이라면 아빠는 농사와는 거리가 멀다. 전혀 체질에 안 맞다. 그런데도 농부로 사시느라 고생 많으셨다.

인생을 쓰는 시간

자연히 엄마의 목소리가 커질 수밖에 없다. 이젠 농사도 끝내셨으니 사이좋게 지내도 좋으련만 엄마는 아빠 하는 양이 늘 마음에 안 든다. 별일도 아닌 일로 소리를 지른다. 그만 좀 싸우라고 하면 목소리가 커서 그렇지 절대로 싸운 건 아니라고 변명하신다. 치고받고 싸워야만 싸움인 줄 아시나 보다. 내가 보기엔 싸우는 게 맞다. 방송엔 실컷 알콩달콩 사이좋은 부부 행세해 놓고 늘 이렇게 아웅다웅하시니, 지금이라도 담당 피디에게 고발해야 할 지경이다.

"아빠, 아빠가 엄마 길을 잘못 들였어. 소리 지를 때마다 밥상을 한 번씩 엎고 때리고 했으면 엄마 목소리가 안 커졌을 텐데, 아빠가 엄마 길 잘 못 들여서 그래."

엄마 목소리 큰 거 아빠 잘못이라고, 교육하지 않은 아빠 탓이라고 두 분을 놀린다. 그랬더니 아빠는 내 귀를 의심할 말씀을 하신다.

"맨날 어린애인 줄 알고 안 그랬나."

세상에나, 황소만 한 엄마가 어린애 같았단다. 부부란 정말 알다가도 모를 일이다. 아빠 눈에 평생 엄마가 어린애 같았다니.

그래, 어쩜 그럴 수도 있겠다. 아빠는 동네에서 늘 보던 여자애를 신부로 맞았다. 그 애가 아무리 덩치가 커도 아빠 눈엔 어린애이자 동생이었다. 어떻게 그 마음을 60년 넘게 간직할 수 있을까?

반면에 작고 약하지만, 엄마에게 아빠는 산이다. 맨날 아빠 없으면 못 산다고 하면서도 소리치고 나무랄 땐 아빠를 마치 내 동생처럼 대하신다. 오히려 아빠가 없으면 더 장수할 것처럼 보인다. 그런데도 아빠 없으면 하루도 못 사신다니, 신기한 일이다.

우리가 집에서 늘 보던 장면이 TV에 나왔다. 두 분은 부끄러워 못 보겠다고 하신다. 엄마 무식한 거 동네방네 소문 다 났다고 걱정이시다. 늙고 못났다고 두 분 다 후회하신다. 한동안 다시 보기를 싫어하셨다. 세월이 좀 지나고 나니 지금은 우리만 가면 보여 달라고 하신다. USB 꽂아드리면 눈을 떼지 않고 처음인 양 보신다. 봐도 봐도 재미난 모양이다.

'부부 싸움은 칼로 물 베기'라고 한다. 60년 넘은 세월 동안 고양이처럼 싸우다가도 언제 그랬냐는 듯 다시 제자리로 돌아와 있다.

여든여섯, 여든넷 아직도 서로를 어린애 취급하시니 앞으로도 애들 싸움은 계속될 것 같다. 선비와 왈가닥, 도저히 안 맞을 것 같은 두 분이 일평생 서로 다름을 극복하며 살고 계신다. 욕심은 한이 없지만, 더도 말고 덜도 말고 지금처럼 마지막까지 아름다운 로맨스를 보여주시길 기도한다.

엄마, 울지 마

　몇 년 전, 아흔다섯 번째 시어머니 생신을 준비하는 사촌 언니를 봤다. 언니도 이미 환갑이 훨씬 넘었는데 몇십 년째 시어머니 생신상 차리는 일도 보통 일이 아닌 것 같다. 형부에게 95번이나 생일잔치 했으면 이제 그만해도 안 되냐고 물었더니 이번이 마지막일지도 모르니, 더 잘해야 한다는 돌직구가 돌아온다.

　주말, 여든여섯 번째 아빠 생신을 맞아 시골에 다녀왔다. 야윈 아빠가 더 야위어지셨다. 저 야윈 몸으로도 움직일 수 있다는 게, 딱하고 보기에 아슬아슬하다. 아빠를 보니, 이번이 마지막일지도 모른다고 하시던 형부의 말이 문득 떠오른다. 그래, 어쩌면 이번이 마지막일지도 모른다. 야윈 아빠를 보니 방정맞은 생각이 든다.

어스름해지는 시각, 마당에 숯불을 피워 삼겹살 구울 준비를 한다. 시골에서 누릴 수 있는 몇 안 되는 호사 중 하나다. 소음과 냄새, 어느 것도 눈치 볼 것 없이 마음 놓고 판을 펼친다. 이번엔 다섯 형제 중에 셋이 모였다. 많지만 다 모이기도 쉽지 않다. 작은 마을이 오랜만에 화기애애, 떠들썩해진다. 시골에서 먹는 음식은 도시에서 맛볼 수 없는 신비로움이 있다. 같은 재료, 같은 방식인데도 맛이 다르다. 공기가 다르고 물이 다르다. 밭에서 갓 따 온 상추와 겉절이도 도시의 맛이 아니다. 게다가 숯불에 굽는 삼겹살이니 그 맛을 비교할 수가 없다. 술에 취하고 이야기에 취하며 각자가 가진 추억을 풀어본다. 핏줄을 나눈 대화다. 서로가 몰랐던 이야기도 있고 손뼉을 치며 공감하는 이야기도 있다. 엄마도 늦도록 술판을 떠나질 않는다. 식성 좋은 아들 넷을 키우기엔 늘 부족했던 음식이다. 그 기억을 고스란히 간직하고 있는 엄마와 오빠, 아스라이 지나친 나는 공감이 될 듯 말 듯 한 시기를 지나왔다. 빠트릴 수 없는 이야기 중 하나가 돼지 이야기다.

　어릴 적 우리 집엔 돼지를 키웠다. 논밭도 많지 않았고 수확을 해봐야 일곱 식구 끼니 해결하기에 급급했다. 돼지는 다른 짐승에 비해 새끼를 자주 낳았고 한 번 낳을 때마다 열 마리 이상 낳았다. 소가 일 년에 새끼 한 마리를 낳는 데 비하면 돼지는 황금 거위 같았다. 중돼지로 키워서 팔면 작은 밭을 살 수 있을 정도로 돈이 됐다고 하니 애지중지 키울만했다. 돼지가 새끼를 낳으려는 낌새를 보이면 엄마는 돼지우리에 직접 들어가, 산고를 겪는 어미돼지의 배를 쓰다듬어 주었다. 다음 날 아침이 되면 대문에다가 짚으로 금줄을 만들어 걸고 '우리 집 돼지 새끼 낳았으니 출입을 삼가시오' 하고 표시한다. 사람이 아이 낳고 삼칠일을 가리듯 돼지 새끼도 소중하고 정성스럽게 키웠다. 그만큼 돼지는 우리 집의 중요한 살림 밑천이었다. 고등어 한 상자를 사 오면 통통한 가운데 토막은 돼지를 주고 살 없는 부위를 사람이 먹었다는 믿을 수 없는 얘기를 한다. 전어구이도 한 마리씩 밖에 못 먹었는데, 상자째 돼지에게 헌납한 걸 보면 돼지의 가치를 알만하다. 오빠들이 그 기억을 말하면 엄마는 웃으며 미안해하신다. 살기 위해 어쩔 수 없는 일이었다. 처음 기른 돼지 새끼를 팔아 우리 집 1호 밭을 장만했다고 하신다. 그 밭을 평생을 가꾸고 사셨으니 돼지 새끼는 살림 밑천이 아니라 보물이나 마찬가지였다. 밖에선 농사일로 바빴고 집에선 소와 돼지 등 짐승을 키워 살림을 일구고자 하셨다.

남아선호사상 아래 엄마는 아들을 넷이나 낳아 할아버지 할머니에게 사랑받고 살았을 테다. 그러나 한세월이 채 끝나기도 전에 세상이 바뀌어 아들 많은 집이 동메달도 아닌 목 메달이 돼 버렸다. 아들보다 딸 딸, 하는 세월로 흐르고 변했다. 그 흐름에 편승하신 부모님에게 내가 해야 할 역할도 조금씩 늘어가고 있다. 병원 출입이 잦아짐에, 소소한 물품들을 구매하는 일과 감정들을 처리하는 일도 딸의 역할이 점점 많아지고 있다. 그러나 연세 높으신 두 분은 아직 이 세월을 받아들이기가 쉽지 않다. 딸보다 아들 며느리가 더 좋고 더 가까이하고 싶으시다. 편한 건 딸이지만 아들만큼 좋은 게 없다. 하지만 내리사랑이라 아들 며느리도 제 가정이 더 소중한 건 당연지사다. 보고 싶은 만큼 다 볼 수 없으니 늘 짝사랑 앓이다.

1박 2일, 시골에만 가면 시계는 고장이라도 난 듯 후딱 지나가 버린다. 멀쩡하던 엄마 시계도 우리만 오면 마찬가지인가 보다. 도착해 저녁을 먹으며 밤늦도록 이야기 나누는 게 전부다. 느지막이 아침을 먹고 커피 마시며 이야기 나누다 보면 어느새 각자 돌아갈 채비를 한다. 하룻밤이 후딱 지나 버린다. 좀 더 붙잡아 놓고 싶지만 마음대로 할 수 없다. 이것저것 챙겨주신 각종 농산물이 차에 가득하다. 이제 농사도 줄였지만 보물 섬처럼 매번 가져올 게 있다. 집으로 갈 채비를 다 하고 엄마를 꼭 안아 드리며 당부의 말을 한다. 건강하지도 않고, 외롭고 적적하실 두 분을 두고 나올 땐 늘 마음이 짠하다. 싸우지 말고 서로 사이좋게 잘 지내라고 말한다. 갑자기 엄마의 눈망울이 벌

게진다. 눈을 끔뻑거리신다.

　세심하지 못한 아들 사이에 빨간 꽃 같은 딸의 진심, 반갑고 좋으면서도 이렇게 훌쩍 가 버리는 시간이 아쉽다. 참았던 눈물이 엉뚱하게 터진다. 마음을 터놓고 눈물도 터놓을 딸이 하나라도 있어 다행이다. 곁에서 지켜보던 아빠도 눈을 끔뻑거린다. 강하지만 여린 엄마를 지킬 아빠가 더 고생이다. 아기처럼 아빠의 가슴도 어느새 훌쩍거리고 있다. 이 여리고 여린 아기 같은 부부를 어쩌면 좋단 말인가? 세상 용감했던 모습은 어디로 갔단 말인가? 언제까지나 어리광 부릴 수 있을 줄로만 알았는데 산이 무너져 내리는 것 같다. 사르르 녹아내린 눈사람 같다. 적적한 집에 하룻밤 복작거리고 가는 것도 고맙다고 말씀하신다. 바쁠 텐데 시간 내서 와 줘서 고맙다고 말씀하신다. 두 분의 외로움이 아프다.

　천하에 태산 같았던 부모님이 출근길 떨어지기 싫어하는 아이들처럼 달래야 하는 뒤바뀐 엄마 놀이가 되어버렸다. 아직 내가 더 기대고 싶은데 어린 나에게 기대려고 하신다.

　또 언제 간다는 기약도 없이 마음은 반쯤 두고 내 자리로 돌아왔다. 엄마의 눈물이 머리에서 떠나질 않는다. 지켜보는 아빠의 짠함이 더욱 짠하다. 얼른 일 마치고 들러야 할 곳이 있는 것처럼 마음이 괜스레 바쁘고 아프다.

울면서 떨어지지 않는 아이 달래듯 엄마를 달랜다. 부모님이 어느새 자리를 바꿔 보살핌을 받아야 할 연세가 되었다. 강하던 엄마가, 허물이 벗겨지듯 연약한 모습을 드러내신다. 깨물어 아프지 않은 손가락 없고 보고 싶지 않은 자식이 없다. 못 온 자식들이 더 보고 싶다. 하룻밤 꿈처럼, 자고 나면 훌쩍 떠날 자식이기에, 함께 하는 시간이 줄어듦을 알기에 눈물을 보이고, 딸은 그 눈물을 이해한다. 많지 않은 시간, 진한 사랑을 나눠야 함을 안다. 자식을 향한 엄마의 눈물이 이제는 다 말라버렸으면 한다. 훌훌 털고 눈물도 날려버렸으면 좋겠다.

'엄마 울지 마. 울지 말고 기다려 엄마. 금방 갈게, 알겠지?'

양치기 소년

심장이 떨어지고 다리가 내려앉았다. 화장실을 가기 위해 나왔다가 아빠가 전화하는 소리를 들었다. 장골이던 엄마가 여름부터 시름시름 앓기 시작했다. 기운 없고 열이 나는 게 꼭 감기 같았다. 여름과 가을 내도록 병원에 다녀도 낫질 않았다. 어지러워서 버스 의자에도 혼자 앉지 못하셨다. 나를 다리 사이에 앉히고 내 등에다 몸을 기댔다. 경운기를 타고 밭에 따라가긴 했지만 일은 못 하고 자루를 펴 놓고 밭 가에 드러누웠다. 그저 흔한 몸살감기인 줄 알았다.

그날 밤, 아빠가 외삼촌에게 전화하는 소리를 방문 앞에서 들었다. 병원에서 가망이 없다고 한다며 한번 다녀가시라는 전화였다. 마른 나뭇가지 부러지듯 무릎이 툭 꺾였다. 그동안의 일들이 주마등처럼 스쳐 간다. 감기처럼 앓던 엄마가, 어지럽다고 자꾸만 눕던 엄마가, 그 많은 농사일을 앞에 두고도 꿈쩍도 못 하는 엄마가, 죽는단 말인가? 그래서 그랬단 말인가? 아빠는 한 번도 엄마 상태를 말해주지 않았다. 그날 밤도, 아빠에게 직접 들은 얘기가 아니라, 문밖에서 전화하는 소리를 들었다. 진실을 마주할 힘이 없어 아빠에게 가서 되묻지 못하고 내 방으로 돌아와 날이 밝을 때까지 울었다. 행여나 아빠가 눈치채고 더 힘들어할까 봐 소리도 내지 못하고 밤을 새웠다. 고 1 기말고사 첫날이었다. 퉁퉁 부은 눈으로 학교에 갔고 시험은 어떻게 쳤는지 모른다. 성적은 훅 떨어졌고 교무실에 불려 갔다. 우리 엄마가 아프다는 소리는 하기 싫었다. 눈물을 보이지 않으려고 어금니를 깨물었다.

우리 식구 혈액형은 모두 B형이다. 그해 여름 엄마에게 간암 진단이 내려졌다. 주말에 엄마를 보러 병원에 가면 햇볕에 그을린 듯 새까맸다. 노랗고 흐리멍덩한 눈으로 나를 쳐다봤다. 환자복을 입은 몸은 수축해있다. 오랜만에 보는 나를 반길 기운도 없었다. 잠시 모성이 이끄는 질문을 하고는 다시 환자로 돌아갔다.

마침 내가 간 그날 엄마에게 수혈이 필요했다. 병원에 혈액이 없으니 환자 가족이 직접 구해오라는 어처구니없는 말을 들었다. 엄마만 O형이다. 아빠도 오빠도 나도 있었으나 엄마에게 피를 줄 사람이 아무도 없었다. 나중에 암으로 죽는 한이 있어도 우선 피를 구해야 했다. 아는 사람이라곤 아무도 없는 진주, 공중전화기를 붙잡고 번호가 기억나는 곳엔 모두 연락했다. 정신을 차리려고 했으나 아득했고 혼미해졌다. 아는 사람이 모두 O형인 것도 아니었지만 할 수 있는 최선을 다했다.

그것은 분명 헛것이었다. 학교 선생님이 지나가는 게 보였다. 지푸라기라도 잡아야 할 때 마침 선생님이 보였다. 분명히 선생님이 있었고 혹시나 하는 마음으로 달려갔는데 거긴 아무도 없었다. 지금도 이해가 안 되는 일이다. 그때 왜? 없던 선생님이 보였는지 모르겠다. 간절함이 만든 환영일지도 모른다. 수십 곳을 전화한 곳 중 마침 수연이 오빠가 친구를 데리고 와서 수혈을 해줬다. 그날 그렇게 위기를 넘겼다.

그동안 환자는 환자대로 쇠약해지고 빈혈이 극심하여 두 봉의 수혈이 꼭 필요했다. 하지만 O형 피가 병원에도 없었을 뿐 아니라 경남 일원에는 없으니 환자 측에서 피를 구하라는 것이다. 우리 식구에는 O형 피가 없고 기가 막힐 지경이었다. 그러나 당시 여식 은자가 어린 나이에 친구나 친구 오빠들에게 전화로 아니면 직접 다니면서 사정을 호소했다. 미친 듯이 설치던 은자의 노력으로 임채수가 다니는 진주 전문대 김 OO(이름을 기억하지 못해

유감)가 헌혈 정신을 발휘하여 가까스로 큰 고비는 넘겼는데 얼마나 고마웠는지 모른다.

〈부인 큰 병 나다 - 정심선행 ⑪〉

    수술 날 아침이다. 뒤숭숭한 꿈자리 때문에 엄마는 잠을 이루지 못했다. 작은외삼촌 역시 간이 안 좋아 돌아가셨다. 은연중에 엄마도 가족력에 대한 두려움이 있었을 테다. 말없이 기도만 하시던 외숙모의 두려움도 컸을 테다.

    간암은 오진이었다. 암 덩어리인 줄 알았던 건 다행히 암이 아니라 피고름으로 밝혀졌다. 천만다행이었다. 개복 수술 대신 주사기로 뽑아냈다. 의사는 두 컵이나 되는 피고름을 보여주시며 이제 안심하라고 했다. 그러나 또 수혈할 피가 부족했다. 병원에 피가 없다는 걸 이해하기 힘들었다. 또다시 피를 구해야 하는 게 암담했다. 오진에다 혈액도 없어, 아빠는 병원을 신뢰할 수 없었다. 수술한 그날 엄마를 부산으로 옮기기로 했다. 병원 측의 불쾌함과 염려는 당연한 일이었다. 하지만 더는 여기에 엄마 치료를 맡길 수 없었다. 아빠는 엄마를 납치하듯 퇴원 절차를 밟았다. 살기 위해 큰오빠가 있는 부산으로 가는 중 마취가 깨며 오한 발열이 시작됐고 택시마저 떨리는 것 같았다.

부인의 병이 심각합니다.

저희 책임은 없습니다.

며칠이 고비입니다.

일일 드라마처럼 좌절과 절망의 연속이었다. 오로지 아빠가 감당해야 할 몫이었다. 도대체 목숨에 몇 번의 좌절을 하고 수술동의서에는 몇 번이나 사인했는지 셀 수도 없다. 수 없는 절망감에서 어떻게 살아남았는지, 홀로 감당해야 했을 아빠의 무게는 얼마만 했을지, 어린 우리가 미처 헤아릴 수 없었다.

엄마가 거짓말처럼 살아 돌아왔다. 패잔병이지만 어린 나에겐 금의환향이었다. 아빠가 외삼촌에게 전화하던 날, 우리는 모두 엄마가 죽는다고 생각했다. 의사는 물론 병문안 온 마을 사람들의 눈빛도 그렇게 말하고 있었다. 아픈 엄마와 병간호하는 아빠를 대신해 큰오매들이 나를 챙겨주고 소를 챙겨줬다. 어린 제제를 보는 포르투가 아저씨처럼 큰오매들의 눈빛도 나를 더 불쌍하게 만들었다.

양치기 소년처럼 엄마는 번번이 거짓말을 해 어린 나를 놀라게 했다. 오빠들은 이미 다 성인이지만, 어린 나는 어떡한단 말인가? 아픈 엄마 걱정이 아니라, 홀로 남겨질 내 걱정이었다.

이번엔 못 돌아올 것 같다는 사람들의 속삭임 뒤에 있었을 엄마의 걱정은 미처 생각해 보지 못했다. 내가 울 때 엄마도 울었을 거란 생각은 미처 못 했다. '못 오면 어쩌나?' 하던 딸의 걱정과 '이번에 못 돌아가면 어쩌나?' 했을 엄마의 염려가 만나 기적같이 살아서 돌아왔다. 싹둑 끊어질 것 같았던 목숨이 끊어질 듯 끊어지지 않고 살아남았다.

엄마 없이 자랐어야 할 인생을 상상해 본다. 그건 마치 손이 하나 없는 것과 발 하나가 없는 것과 같은 고통일 테다. 이번엔 진짜 늑대가 나타났다고, 이번엔 진짜 안 되겠다고 말하는 양치기 소년이었다. 젊어 고생은 사서도 한다지만, 엄마 젊음엔 이해할 수 없는 사건 사고가 잇따랐다. 그나마 신은 계속된 절망에 대한 위로인 듯 여든 넘어까지 자리보전할 아량은 주셨다. 갖은 고통에도 불구하고 이만큼 유지하고 계심에 다만, 감사할 뿐이다.

사람은 무엇으로 사는가?

　무릎 관절염은 지독히도 오랜 시간 엄마를 따라다녔다. 평생을 이고 다닌 짐, 그 많은 손빨래, 어깨에 얹혔을 짐, 우리 다섯 남매, 그럴 만도 했다. 체중 1킬로그램이 늘면 무릎엔 3킬로그램의 하중이 주어진다는데 엄마는 3킬로그램쯤은 거뜬히 넘는 짐들을 평생 안고 다녔으니 무릎이 성할 리 없다. 이미 오래전에 수술했어야 했지만, 수술해도 아프다는 친구분들의 말에 미루고 미루다 결국 일이 터졌다.

　늦은 밤, 엄마 전화다. 장독간에 갔다가 갑자기 어지러워 넘어졌는데, 금이 갔는지 당최 무릎이 안 펴진다고 하신다. 걱정과 두려움 가득한 목소리다. 늘 큰 소리로 말하던 엄마의 당참이 어린애의 불안으로 바뀌었다. 아무래도 무릎은 탈이 난 것 같고, 입원해야 할지도 모른다. 수술하게 되면 부산으로 오라던 내 말이 생각나 전화하신 것이다. 아무 걱정하지 말고 내일 아침에 오라고 안심시킨다. 바쁜 오빠가 출근 전에 시골에 가 두 분을 부산으로 모시고 왔다.

무릎뼈에 금이 갔다. 다행히 인공관절 수술을 하는 데는 지장이 없단다. 넘어진 김에 그동안 미뤄왔던 수술을 하기로 마음먹었다. 의사 선생님은 노령에 전신마취도 힘이 드니 한 번에 두 다리를 같이 하길 권하신다. 인공관절 수술이 정형외과에서 제일 큰 수술이란다. 한쪽 다리만 해도 힘들다는 걸 두 다리를 한꺼번에 했다. 수술 후 마취가 풀리기 시작하자 엄마는 고통을 호소하기 시작했다. 아빠랑 오빠랑 나, 셋이나 있었지만, 엄마의 통증을 해결해 줄 수 없었다. 다른 환자도 밤을 못 쉴 것 같아 1인실로 옮겼다. 다행히 저녁을 먹고 나니 엄마의 신음도 가라앉아 한고비를 넘겼다.

수술하고 사흘째가 되니 걷는 연습을 하라고 말씀하셨다. 침대에서 내려오지도 못하는데 운동이라니 엄마도 나도 엄두가 안 난다.

물리치료와 재활 치료는 또 다른 난관이다. 평생 운동이라곤 해 보지 않은 엄마에게 하루 두 시간 재활 운동은 수술만큼이나 힘들었다. 무릎 주위의 근육과 허벅지 근육을 단련해야 한다. 경험자들은 수술보다 재활이 수술의 성공 여부를 가른다고 했다. 물리치료사가 가르쳐 준 운동법을 따라 해야 하는데 뒤돌아서면 이상한 방법으로 하고 있다. 보호자가 도와줘도 된다고 해서 내가 엄마의 트레이너가 되었다.

재활도 재활이지만 물리치료실 무릎 꺾기는 그야말로 아비규환이다. 엄마는 내 손을 잡고 이를 앙다물며 견뎠지만 매일 비명 밭이었다.

불편한 병원에서 먹고 잤으니 나도 피로가 쌓이기 시작한다. 쉬는 건 고사하고 잠시 집에 가서 옷이라도 갈아입을라치면 금세 간호사가 전화해 자리 비우면 안 된다고 재촉한다.

그날 아침도 물리치료실에 내려갔다. 속이 메스껍고 토할 것 같은 느낌이 들었다. 침을 삼키며 눌러봤지만, 목구멍까지 차오르는 메스꺼움을 참을 수 없다. 화장실에 가려고 나오다가 그대로 주저앉고 말았다. 뱅글뱅글 돈다. 내 의지와는 상관없다. 정신을 차리고 보니 땀이 흥건하다. 나도 기력이 떨어진 것이다. 그러나 잠시 까무러치고 일어나니 메스꺼움도 사라지고 다시 멀쩡해졌다.

가뜩이나 잦은 오줌보도 밉상 덩어리다. 화장실 가는 일이 제일 문제였다. 엄마를 안아서 휠체어에 태우고 변기에 또다시 앉히고 또 안아서 휠체어로 또 안아서 침대로, 이동이 제일 큰 문제였다. 엄마를 안을 수가 없어 바지춤을 붙잡아 당겼다. 한 번은 손에 힘이 빠져 엄마를 그대로 바닥에 떨어트리기도 했다. 안 다친 게 천만다행이다. 밤중에도 몇 차례나 화장실 들락거려야 하니 엄마는 좋아하는 국물은 물론 물도 잘 마시지 않았다. 잠이라도 푹 주무시면 나도 좀 잘 텐데 도통 주무시질 못한다.

그날 밤, 초저녁잠을 한숨 주무신 엄마는 또 긴긴밤이 걱정이다. 고생하는 밤이 이어져 수면제 반쪽을 처방받아 자정쯤에 먹었다. 수면제 반쪽에 건 기대가 너무 컸나 보다. 새벽 2시가 좀 넘자 엄마가 깨어났다. 얌전히 깨어났으면 좋았으련만 엄마는 비몽사몽 정신을 잃었다. 시아버님 병석에서 봤던 모습이다. 헛소릴 하신다. 여기가 어딘지 모르신다. 자꾸만 불이 났다고 하신다. 아빠는 어디 갔냐고 묻는다. 보호자 침대에 누운 나에게 너는 왜 바닥에 자고 있냐고, 네 딸은 왜 안 데려왔냐고 횡설수설이다. 엄마가 수면제 반쪽에 취하셨다. 무서운 상황이지만 시아버님에게서 봤던 모습이라 빨리 내가 해야 할 일을 찾는다. 뜨거운 물을 자꾸 마시게 했다. 영문도 모르는 엄마는 또 물을 거부한다. 그 와중에도 화장실 갈 걱정이다. 그래도 내가 할 수 있는 일은 그게 다였다. 정신 잃은 엄마와 정신을 더 차려야 하는 내가 긴긴밤을 보냈다. 시간마다 물어봐도 여기가 어딘지 모르더니 날이 밝아 6시가 되자 드디어 정신이 맑아졌다. 이제야 이곳이 병실임을 아신다. 살았다.

 내 체력이 한계에 이른다. 그동안 가족들 모두 내 수고를 염려해 간병인 있는 병실로 모시길 권했다. 그러나 부산까지 오신 건 내가 책임지겠다고 해서인데 남의 손에 보내려니 스스로 용납이 안 됐다. 그런 내가 염치없이 엄마를 보내고자 한다. 엄마에게 간병인실에 잠시 다녀오자고 떨어지지 않는 말을 꺼낸다. 엄마도 수긍한다. 딸의 수고가 길어진다. 반대할 수 없다. 기꺼이 가겠다고 하시면서도 말과는 달리 눈물을 보이신다. 간병인실에 가는 걸 두려워하셨다. 요양원에 맡겨놓고 찾아오지 않는 가족들처럼 버림받는 곳이라고 여기셨다. 그 마음 알기에 그토록 고집부렸는데 내 입으로 가라고 말하고 있다.

 사람 사는 곳은 똑같다. 먼저 간 선배가 조언하고, 후배는 조언을 귀담아듣는다. 먼저 아팠던 사람이 따라오는 사람을 다독거린다. 동기들이 있으니 서로 이야기도 통하고 간병인이 24시간 보살펴 주니 염려할 게 없다. 엄마를 맡기고 집으로 돌아가는 길, 도저히 발걸음이 떨어지질 않는다. 짐을 챙겨 1층까지 내려왔는데 어린애를 떼 놓고 가는 것 같다. 버린 것도 아닌데 버린 것 같은 자책이 든다.

다음날 다시 병원에 갔다가 놀라자빠질 뻔했다. 간병인실로 가자마자 걸음 연습을 시킨 것이다. 수술하고 이제껏 걸어 보지 않은 엄마다. 이때까지 걷기를 안 시켜서 어쩌냐고 나를 혼내셨다. 엄마는 태어나 첫발을 내디딜 때보다 더 힘겨워하지만 걸어서 화장실을 가신다. 아프다고 사정 봐줘서 될 일이 아니었다. 내가 더 병간호했었다간 큰일 날뻔했다. 잘한다고 했던 일이 헛일이 될 뻔했다.

간병인 손에 엄마가 넘어갔지만 그래도 재활 운동은 내 책임이다. 남은 시간 동안 근육을 단련해야 엄마가 수월하다. 구령을 붙여가며 두 시간을 하고 나면 엄마도 나도 기진맥진이다. 덕분에 엄마는 계단 오르내리기도 잘하며 차도를 보였다. 늦게 걸은 만큼 더 열심히 해야 했다. 퇴원해 집에 가시고 나면 운동하기 힘드실 테다. 남은 시간이 많지 않았다.

한 달 열흘을 보내고 퇴원 날이 잡혔다. 집에 돌아가 지낼 엄마와 엄마를 간호해야 할 아빠의 수고가 불을 보듯 뻔하다. 다른 건 다 제쳐두고 몸 하나만 생각하시라고 잔소리한다. 오직 감사한 일만 생각하라고 덧붙인다. 엄마는 내 손을 꼭 잡으며 눈을 붉히신다.

"내가 네 덕 보려고 늦게 너를 낳았는갑다. 네가 나 나삿다. 의사가 아니라 네가 나삿다."

《사람은 무엇으로 사는가?》 무엇으로, 어떻게 살아야 할 것인가에 대해 톨스토이는 우리에게 묻는다. 그는 그것이 사랑이라고 말한다. 그가 말한 사랑은 곧 '남의 덕'이다. 내가 엄마 덕에 이만큼 자랐듯 엄마에게 한 번은 득이 되었는지 모르겠다.

어느새 이 년 전 일이 되었다. 지긋지긋한 관절염은 벗어났으나 아직 이전처럼 씩씩하게 걷질 못하신다. 아프지만 않으면 좋겠다던 소망은 또 다른 소망을 낳았다. 만족은 늘 멀리 있고 회복은 더디기만 하다.

오버랩

새벽 5시, 까만 새벽은 선물 같다. 따뜻한 차 한 잔을 마시며 몸을 깨운다. 아빠가 보내준 홍시가 며칠 전부터 빨갛게 익은 채 그대로 있다. 식구들이 아무도 탐내지 않으니 감사하다. 잘 익은 홍시를 먹으니 갑자기 그날 아빠 생각이 난다.

카톡 방에 오빠 문자가 떴다. 사사건건 시끄러운 여자들관 달리 남자 넷에 여자 하나인 우리 형제 카톡 방은 별일 아닌 이상 울리지 않는다. 조용한 방에 문자가 떴다는 건 뭔가 '사건' 이 일어났다는 말이다. 어쩔 수 없이 알려야 하는 공지 사항이 다. 좋은 일보다는 사고일 경우가 더 많다. 반가움보다 두려움 이 앞서는 카톡이다.

'아버지가 어제저녁에 오토바이를 타고 가다가….'

역시나 사고다. 부모님 댁 가까이 사는 오빠가 늘 수고가 많다. 아빠에게 사고가 났고 오빠에게 먼저 연락이 간 모양이다.

그날도 아빠는 오토바이를 타고 서예 교실에 내려가셨다. 멀쩡했던 하늘이 집으로 돌아갈 시간이 되자 빗방울이 떨어지기 시작한다. 가랑비라 운전하는 데 어려움은 없어 보인다. 트렁크 속에 있던 비옷을 꺼내 입고 조심스레 운전한다. 금방 그칠 것 같던 비는 갈수록 세차게 내린다. 가슴은 괜찮은데 무릎이 자꾸 젖는다. 한 손은 핸들을 잡고 한 손은 무릎을 덮는다는 게 그만 중심을 잃었다. 핸들을 바로잡을 겨를도 없이 오토바이는 언덕 아래 논으로 날아갔다. 하필이면 가드레일과 가드레일 사이로 날아가 논에 처박혔다. 가드레일 그 한 칸만이라도 아빠를 도와줬더라면, 단순 접촉으로 끝났을 텐데 무자비하다.

정신을 잃었다. 비는 계속 내리고 시간은 저물어 어둑하다. 다행히 눈을 떠 상황을 파악했다. 사고구나. 정신은 아득하고 몸을 일으키려니 팔이 움직여지지 않는다. 여기 있다간 꼼짝없이 죽겠다고 직감한다. 필사의 힘으로 논둑을 기어 길가로 올라섰다. 추운 겨울날 어둑하고 한적한 시골길엔 사람이 다닐리 없다. 전화를 걸어야 했다. 안주머니에 전화기가 있지만, 비옷 단추에 팔이 닿질 않는다. 다행히 저 아래서 불빛 하나가 올라온다. 엉거주춤한 몸짓으로 신호를 보낸다. 비 오는 밤길, 초

라한 노인을 보고 차를 세우는 사람은 없다. 그냥 그대로 지나친다. 정신도 없고 생각도 안 난다. 다시 불빛이 보인다. 이번엔 길 가운데로 가서 아빠가 차를 바라본다. 마침 아빠를 알아본다. 작년에 우리 밭을 사서 집을 짓고 들어 온 우리 마을 새댁이다.

"할아버지, 어떻게 된 거예요?"

새댁은 아빠의 형색에 놀라 입이 떨어지지 않는다.

"119 전화 좀 해줘라."

그 시각, 엄마는 우산을 들고 버스정류장으로 아빠를 마중하러 가고 있다. 영감이 오토바이를 타고 갔는데, 갑자기 비가 온다. 오토바이는 놔두고 버스를 타고 오리라 생각한 엄마는 버스 시간에 맞춰 동네 입구로 가고 있다.

아빠를 119에 태워 보내고 집으로 올라오는 새댁은 아직도 가슴이 진정되지 않는다. 겨우 핸들을 붙들고 있다. 마을 입구에 들어서니 마침 할머니가 계신다. 놀라지 않도록 사고 소식을 전해드린다.

다음 날 아이들을 챙겨 보내고 서둘러 병원으로 갔다. 엘리베이터에서 내리는 오빠와 침대에 누운 아빠가 보인다. 나를 알아본 아빠는 내 손을 꼭 잡으며 미안하단 말씀부터 하신다. 놀라게 해서, 또 걱정을 끼쳐 미안하다는 말씀이다. 이마와 머리 중간중간 찰과상이 보인다. 그나마 헬멧을 써서 이 정도일 테다. 덮어 놓은 이불 아래 아빠의 야윈 몸이 뉘어있다. 다리와 골반은 괜찮으나 어깨뼈가 부러졌다. 작고 왜소하신 분이 또 마취하고 수술해야 한다. 복용 중인 혈관 순환제를 끊고 일주일이 지나야 수술할 수 있다고 한다. 어깨는 점점 부풀어 올라 미쉘린 타이어처럼 커졌고 통증은 그보다 더 커졌다. 엄마랑 오빠를 돌려보내고 간호를 맡았다. 아빠랑 보낼 수 있는 귀한 시간이 아프게 주어졌다.

딸만이 할 수 있는 살뜰함이 있다. 비비고 만지고 이야기하는 건 병실이라고 다를 바 없다. 수염을 깎아 드리고 귀를 파고 손톱을 깎아 드린다. 아침저녁 깨끗이 몸을 닦아 드린다. 환자 침대에 같이 누워 책을 보고 읽기 쉽도록 신문을 접어 드린다. 부러진 어깨는 빵떡처럼 자꾸만 부풀어 가고 수술일은 여전히 잡히지 않는다. 누워도 아프고 앉아도 아프다. 움직이지 못하도록 고정해 놓은 의료기는 몸에 착 붙지 않아 뗐다 붙이기를 반복하지만 불편하기는 매한가지다. 불편한 몸에 손과 발이 되어 드린다. 그런 우리를 보며 옆에 환자분들이 퇴원해서 집에 가면 딸에게 잘해야겠다는 농담을 하신다.

환자도 환자지만 멀쩡한 사람이 병실에 있으려니 나도 저절로 환자가 되는 것 같다. 갑갑한 병실에서 시시때때로 나오는 밥이 반갑지 않다. 그날은 입맛이 없어 컵라면을 준비해서 마주 앉았다. 뜨거운 물을 부었지만, 컵라면은 제대로 익지도 않았다. 그래도 밥보다 잘 넘어간다. 아빠는 가족들 떼놓고 병원에서 시간을 보내고 있는 것도 미안한데 컵라면을 먹어서 어쩌냐고 걱정하신다. 뻣뻣한 라면과 나를 번갈아 보시기만 하고 숟가락을 들지 않으신다. 라면 좋아하니 염려 말라는 말에 겨우 숟가락을 드신다. 그리곤 갑자기 눈물을 흘리신다. 눈물을 숨기기 위해 입을 더 크게 벌리고 밥을 드신다. 눈치 없는 눈물이 떨어진다. 못 본 척한다. 나도 고개를 처박고 라면을 밀어 넣는다. 컵라면 속에 내 눈물도 떨어진다. 옆 환자들 보기 부끄러워 조용히 화장지를 아빠에게 건넸다.

어쩌면 이번엔 못 일어날까 봐, 지금이 마지막이 될까 봐 조마조마하기만 하다. 아빠 앞에서 약한 모습 보이고 싶지 않아 참고 있는데 당신이 먼저 선수 치신다. 나는 아빠를 걱정하고, 아빠는 나를 걱정한다. 왜 사고는 이렇게도 가까이 붙어서 아빠를 괴롭히는지 원망스럽다.

일주일이 지났지만, 여전히 혈액이 수술에 적합한 수치를 보이지 않는다. 수술하는 것도 보지 못하고 집으로 돌아오는 길, 어린아이 떼놓고 가는 것처럼 발걸음이 떨어지질 않는다. 벌써 엄마가 눈을 끔뻑거리고 계신다. 눈물이 나 엘리베이터도 타지 못하고 계단으로 내려왔다. 내가 사라질 때까지 지켜보고 서 있는 아빠의 눈물이 바닥에 닿을 듯하다.

영영 끝이 돼 버릴 줄 알았다. 집에 돌아와 밥을 먹다가도 울음이 터졌다. 아빠가 이대로 주저앉을까 봐 불안했고, 다리 불편한 엄마가 병간호하는 것도 안쓰러웠다. 위에서 하염없이 내 뒷모습을 보던 모습이 마지막 모습일까 봐 두려웠다. 그러나 기운 내지 못할 줄 알았던 아빠가 노익장을 발휘해 주셨다. 작은 몸으로 잘 버텨주셨다.

사고는 늘 가까이 있고 행복은 멀리 있다. 마음대로 되지 않는 삶에 따지고 싶다. 왜 이렇게 아빠를 괴롭혀야 하는지 묻고 싶다. 남은 생은 좀 편안하게 두면 안 되겠냐고 사정하고 싶다.

슬픔은 누린 자가 감당해야 할 형벌이다. 애지중지 살가운 부녀 사이라서 고통이 더 크게 느껴진다. 부자유친(父子有親)을 누린 죄인 줄도 모른다. 가진 추억이 많으니 응당 감당해야 할 몫인지도 모른다. 시간이 점점 줄어드는 게 눈에 보인다. 부모는 자식의 효도를 기다려 주지 않는다. 새로운 효도를 바라는 것도 아니다. 자주 찾아가진 못하지만, 멀리서나마 들을 수 있는 목소리가 아직 있으니 다행이다.

새벽, 잘 익은 홍시를 먹는데 슬펐던 그 날이 떠오른다. 아빠가 가고 나면 이 홍시도 없을 테다. 눈물을 막으려 밥을 밀어 넣던 아빠의 애처로움이 홍시 속에 들었다. 달콤한 홍시가 눈물 맛이다.

어머님은 짜장면이 싫다고 하셨어

오랜만에 god 노래를 들으며 흥얼거려 본다. 어릴 적엔 즐겁게 흥얼거린 노래였지만 자세히 들어보면 한 집안의 흥망성쇠가 든 슬픈 노랫말이다. 가사를 찾아서 노래를 다시 들으니 슬쩍 눈물이 나려 한다. 이 노래는 우리의 부모님 세대 이야기다. 가족을 위해 희생하신 어머님에게 장성한 아들이 바치는 곡이다.

'집 나간 며느리도 돌아온다.'라는 전어 생각이 난다. 어느 집 며느리인지는 모르겠지만 집을 나갈 때는 그만한 가슴 아픈 사연이 있었을 텐데 고작 전어 때문에 돌아왔을까? 그 며느리 참 줏대도 없다 싶다가도 먹을 것 귀한 시기에 얼마나 맛있는 전어였으면 모질게 가출해놓고 다시 돌아왔을지 상상하게 된다. 아마도 지금 우리가 먹는 전어 맛과는 다른 깊이였을 것이다.

나에게 전어는 며느리로서의 음식이라기보다 어린 시절 추억의 맛으로 꼽을 수 있는 음식이다. 경상남도 산청군 생초면 향양리 335번지, 몇 년 전 시댁 가족들과 연말 모임을 가는 길에 다 함께 친정에 간 적이 있다. 시어머님, "이리 깊은 골짝에도 마을이 있나?" 하는 곳이 바로 내가 태어나 자란 곳이다. 면에서 집까지 10리 길이다. 5일 장에 가려면 한참을 걸어가야 한다. 지금은 하루에 세 번 버스라도 다니지만 그건 내가 태어난 후의 일이다. 그전엔 포장도 안 된 길을 걸어 다녔다. 지금처럼 끌고 다니는 장바구니라도 있었으면 좋았을 텐데, 바퀴를 바구니에 쓸 정도로 문명이 찾아온 곳도 아니었다.

나를 시장에 데리고 가는 일은 일 년에 몇 번 안 되는 드문 일이다. 엄마 손 잡고 따라가면 발이 바닥에 있지 않고 붕붕 떠 날아가듯이 걸어간다. 아무것도 안 사줘도 그냥 횡재다. 어쩌다 구두나 옷을 사 주기라도 하면 용비어천가가 절로 난다.

쌀되 재는 일가친척 아저씨 가게, 천막 아래 온 가족 옷이 다 걸린 함양 아저씨네, 생선 가게 제 씨네, 눈과 코가 매콤했던 고추방앗간, 비릿한 멸치 육수 냄새가 나던 국수 골목, 한택이 아재 사료 상회, 짤막해진 빨강 원피스, 새록새록 떠오르는 기억이다. 산골 소녀에게 장날은 한시도 눈을 뗄 수 없는 설렘이었다.

시장에서 사 온 것 중에 최고의 음식은 단연코 전어다. 산골

인생을 쓰는 시간

중의 산골이니 생선이라고는 개울에서 잡아 오는 피라미며 미꾸라지가 전부다. 배를 꾹 눌러 내장을 제거하고 졸이면 식구들 입에 들어가는 건 녹아난 고깃덩어리 몇 개와 짭조름한 국물뿐이다. 그것마저 귀했으니 전어는 고급 중의 고급이었다. TV에 나오는 도시 아이들 동경하듯 우리는 바다 생선을 그리워했다. 잡은 지 오래된 비릿함도 신선함이다. 까만 봉지에 널브러진, 언제 죽었는지도 모를 전어 몇 마리에 온 식구가 행복했다. 바깥에서 놀다가도 전어 냄새가 나면 미련 없이 돌아올 수 있었다. 이리저리 치이며 다 떨구고 몇 남지 않은 비늘을 제거하고 굵은 소금 슬슬 뿌려놓는다. 적당히 간이 스며들기를 기다린다.

부엌 아궁이에는 밥을 하고, 작은 방 아궁이에는 쇠죽을 끓인다. 엄마는 부엌 아궁이를 살피고, 아빠랑 오빠들은 쇠죽솥을 살핀다. 가마솥에 밥을 하고 남은 잔불에 전어를 굽는다. 바쁜 엄마는 아궁이에 불을 땔 때 놓고도 그 불을 지킬 여유가 없다. 일 마무리도 해야 하고 여기저기 흩어져 있는 요리 재료들도 찾아와야 한다. 어린 나에게 불을 맡겨 두고 집안일을 하신다. 굵은 장작을 넣어 센 불을 만든다. 새카만 가마솥에 모락모락 김이 나는 '끓는점'을 엄마는 '눈물을 흘리면'이란 문학적인 용어로 가르쳐주시며, 그때 엄마를 부르라고 한다. 불 앞에서 부지깽이를 흔들고 노래하다 보면 가마솥은 어느새 엄마 말처럼 눈물을 흘리기 시작한다.

"엄마, 눈물 나."

드디어 기다리고 기다리던 전어구이가 시작된다. 큰불은 다 꺼내고 잔잔히 부서진 숯을 나란히 편다. 석쇠를 펼쳐 가지런히 전어를 눕히고 반으로 접어 아궁이 안에 넣는다. 불 위에 올라간 전어는 얌전하다. 어떤 저항도 없다. 껍질이 타고 고소한 육즙이 떨어진다. 잔불에 기름을 떨어트려 불을 더 사른다. 화형식이다. 의식 없는 전어는 제 몸 타는 줄도 모르고 향긋한 냄새를 온 집과 온 마을에 풍긴다. 가는 길 마지막 선물이다. 온 마을이 고소해진다. 도둑고양이들에게 고문이 시작된다. 앞뒤로 잘 구워진 전어는 석쇠의 모양을 그대로 간직했다. 접시에 올라야 할 때도 미련인 양 떨어지지 않는다.

아들 넷, 딸 하나. 공평하게 딱 한 마리씩 주어진다. 누구도 두 마리를 먹지는 못한다. 자식들 각 한 마리씩, 엄마 아빠 한 마리씩만 해도 일곱 마리다. 그 시절 전어 두 마리는 못 이룰 꿈이자 희망이고 소원이었다. 지금 같으면 한 궤짝씩 사다 날랐을 테지만 그땐 일곱 마리도 귀했다. 밥상 앞에 진심으로 전념했을 우리들의 모습이 그려진다. '가시 때문에'라는 말은 할 겨를도 없고 해서는 안 될 사치였다. 탄 듯 바싹하게 구운 전어는 뼈째 먹는 게 정석이다. 그 많은 잔가시를 골라내려면 버리는 게 더 많아진다. 바짝 구워 고소함이 서 말이다.

저녁 밥상에선 어김없이 옛날이야기가 나온다. 오빠들끼리 싸운 얘기, 그래서 엄마한테 혼난 얘기, 돌아가신 이웃 어른들, 형편없었던 도시락 얘기로 밤이 깊어간다. 그중에서도 무엇보다 날 밤샐 거리는 오빠들의 배고픔 얘기다. 아들 넷이 한창나이에 얼마나 먹고 싶은 게 많았을까? 숨겨둔 음식 꺼내 먹던 얘기, 점심시간에 밥 먹으러 왔는데 밥이 없어서 못 먹고 돌아간 얘기, 늘 부실했던 도시락 얘기, 김칫국물 흘러 책이 얼룩진 얘기, 슬픈 얘기를 웃으며 한다. 상에 남은 음식을 바라보며 부족했던 그때를 떠올린다. 한 참 먹을 땐 없었고, 지금은 많아도 먹지를 못한다.

늘 배고팠던 오빠들과 그 이후에 태어난 내가 공통으로 꼽는 최고의 음식이 바로 전어구이다. 엄마는 별거 아닌 전어를 우리가 모두 추억의 음식으로 기억하고 있다는 게 의아하다. 이럴 줄 알았으면 그때 좀 많이 먹었어야 했다며 넋두리하신다.

오빠는 확인하고 싶다. 아빠에게 그때 그 전어 대가리가 맛있어서 드신 게 맞냐고 묻는다. 미안한 마음도 조금 포함된 것 같다. 하지만 그걸 아는 듯 아빠는 웃고 만다. 오빠들보다 음식이 더 귀했던 건 당연히 아빠다. 아빠에겐 그 전어 대가리도 당연히 맛있었을 테다. 어두육미, 어찌 감히 생선 대가리를 버리겠는가? 자린고비처럼 냄새만으로도 한 그릇 먹었을 아빠다. 세월이 흐르고 아버지 나이가 되어서야 전어 대가리를 씹어 드시던 아버지가 생각난다. 가장으로서 감당해야 했던 막중한 책임과 무게를 가장의 한가운데 서고 나서야 비로소 실감한다.

아빠는 전어 대가리를 너무 맛있게 잡수셨다. 몸통은 내가 먹고 대가리는 선물처럼 아빠에게 드렸다. 밥상을 지저분하게 만들던 우리와 달리 아빠는 뼛조각 하나 남기지 않고 깨끗이 드셨다. 아빠는 전어 대가리를 특별히 더 좋아하시는 줄 알았다. 하지만 그게 가장의 짐이었단 걸, 책임의 무게였다는 걸 이제야 안다. 가시가 걸린 것처럼 목이 멘다. 어머님은 짜장면이 싫다고 하셨다. 그게 아니었음을 이만큼 와서야 안다.

인생을 쓰는 시간

비가 온다

비가 온다. 엄마는 왜 그날 거기에 갔을까?

다 좋았다. 출발하는 버스를 억지로 잡아서 타기 전까지는. 그날 엄마는 아빠의 위궤양약을 사러 진주에 갔다. 약을 타고 나니 시간이 빠듯하다. 까딱하다간 면에서 집으로 들어가는 차를 놓치겠다. 손을 흔들어 떠나려는 버스를 잡아 세운다. 버스에 오르니 마침 아는 사람이 있다. 기사 뒷자리에 자릴 잡고 앉아 안부를 나누며 온다.

창밖엔 여름 장맛비가 쏟아진다. 버스 앞 유리에 비가 퍼붓는다. 금서면까지 왔을 때 맞은편에서 오는 차가 갑자기 중앙선을 넘었다. 옆으로 피한다는 게 하필 커브 길이었다. 버스는 그대로 언덕 아래로 굴렀다. 몇 바퀴를 굴렀을까? 엄마는 기억을 잃었다.

'아닐 거야, 아닐 거야, 우리 엄마 아닐 거야, 엄마가 왜 오늘 일 안 하고 진주 왔겠어? 뭔가 잘 못 전해진 걸 거야.' 소식을 듣고 응급실로 가면서 우리 엄마가 아니길 간절히 바랐다.

 대학 와서 처음 맞는 방학이다. 기말고사를 치고 집에 오자마자 사고 소식을 들었다. 병원에 도착하니 먼저 연락받은 사촌 언니가 와 있다. 안쓰러운 눈빛으로 나를 바라본다. 그 눈빛이 이미 모든 것을 말해준다. 눈빛을 거부한다.

 언니는 엄마가 있는 곳으로 나를 데리고 간다. 이 사람이 우리 엄마라고 하는데, 우리 엄마가 아니다. 온몸이 피투성이다. 머리도 피범벅이다. 신발도 없다. 커다란 손과 발이 우리 엄마랑 닮은 것 같다. 인정하고 받아들이라고 하는데 여전히 다른 침대에서 엄마를 찾고 있다. 엄마가 이미 죽은 것 같다. 꿈이길 바란다. 잠시 후, 소식을 들은 아빠가 이미 핼쑥해진 채 응급실에 도착했다. 그 사람이 엄마가 아니라고 해 주면 좋겠는데, 왜 이 사람을 이렇게 놔두고 있냐며 소리치는 걸 보니 우리 엄마가 맞나 보다. 그러거나 말거나 엄마는 말이 없다. 우리 엄마 구경하고 간섭하는 거 좋아하는데, 이렇게 가만히 누워있을 사람이 아닌데, 역시 우리 엄마가 아니다. 현실과 악몽을 왔다 갔다 한다. 언니가 오빠들에게 전화하라고 한다. 받아들인다, 저 사람이 우리 엄마가 맞다.

20년도 넘은 일이다. 핸드폰도 삐삐도 없었다. 오로지 머리로만 전화번호를 기억하던 시대다. 그 혼란스러운 상황에 대학 1학년, 어린 나는 무슨 정신으로 오빠들 전화번호를 다 떠 올렸을까? 지금 생각해도 의아한 일이다. 그 와중에 오빠들이 놀라지 않도록 침착하게 상황을 전달했다. 엄마는 수술실로 들어갔다. 그날 저녁 응급실과 수술실 앞의 기억이 맥박처럼 끊어졌다 이어졌다 한다.

TV에서 많이 보던 상황이 그려진다. 엄마가 저 문을 열고 나와야 하는데 의사가 먼저 나올까 봐 겁이 났다. 수술실 앞 의자에 무릎을 끌어안고 앉아 울었다. 받아들일 수 없는 현실과 더한 고통이 다가올까 봐 두려웠다. 그 사이에 오빠들이 하나둘 도착했다. 오빠들이 와서 안심이었는지, 그날의 기억은 거기서 끊겼다.

자정쯤 신경외과 과장이 초조히 기다리는 우리에게 부상이 너무 심해서 우선 뇌수술만 했는데 2, 3일 후라야 생사를 점치겠다는 것이다. 회복실에서 부상을 살펴보니 왼쪽 늑골은 푹 쭈그러져 있고, 환자는 맥만 남아있을 뿐이었다. 가슴의 상처는 동시에 손쓸 수도 없다고 했다. 다음 날 새벽 중환자실에 입원이 되어 초조히 지켜보았으나 절망감만 짙어갔다.

만 이틀이 지나서야 의식이 약간 회복되어 주위 사람을 알 듯 말

듯 한, 의식조차 왔다 갔다 반복되었다. 4일쯤 지나니 겨우 정신
을 차리고 가슴 등 온갖 상처에 통증을 호소했다.

〈버스 전복으로 부인 실신하다 – 정심선행 中〉

급한 수술은 했지만, 생사는 며칠 지켜봐야 한다고 했다. 다
행히 엄마는 깨어났다. 그러나 살았다고 하기엔 너무나 처참하
다. 깨진 머리는 그날 바로 수술을 마쳤다. 머리엔 붕대를 감아
놨다. 부러진 갈비뼈도 문제지만 부러진 뼛조각이 폐를 찔러
폐가 계속 죽어가고 있다. 병원에선 이해 안 되는 모래주머니
를 가슴에 붙여놨다. 가래를 자꾸 뱉어내라는 말만 한다. 다른
치료법이 없단다. 목숨은 지녔지만, 꺼져가는 숨이다. 소식을
듣고 달려온 동네 분들도 처참한 엄마 모습에 고개를 흔들고 돌
아갔다.

그냥 이대로 죽기만을 기다리고 있어야 하냐고 아빠에게 묻
던 막내 오빠의 넋두리도 생생하다. 병원에서도 손쓸 길이 없
다니, 환자도 보호자도 시일만 보내고 있다. 우는 게 유일하게
할 수 있는 일이다. TV에서 개그맨들이 웃기는 코너를 하고 있
지만, 우린 웃음을 잃었다. 세상에 웃을 일이 있었던가?

어차피 죽어가는 목숨, 어차피 안 될 거라면 아직 한 번도 해

보지 않은 방법이지만 시도해 보자고 한다. 등을 절개해서 부러진 갈비뼈를 철사로 이어 보자는 것이다. 행여나 폐를 살릴 수 있을지도 모른다는 것이다. 한 달이 넘게 손 놓고 있던 와중에 병원에서 처음으로 내 건 제안이다. 다만 조건이 있다. 죽어도 병원 책임이 아니다. 아빠는 수술동의서에 또 사인한다. 죽어가는 걸 가만히 보고 있느니 모험일지언정 해 봐야 했다. 부러진 갈비뼈를 세우고 얽어매어 다친 폐를 치료하기 시작했다.

기적같이 엄마가 살아나기 시작했다. 몇 차례 연이은 큰 수술을 강건한 엄마가 잘 견뎠다. 하느님이 보우하사 엄마는 의사도 살리고 우리도 살렸다. 지금이야 쉬운 수술일지 모르지만 그땐 그야말로 무모한 수술이었다. 엄마는 한여름에 약을 타러 가서는 120일이 넘어서야 다시 집으로 돌아올 수 있었다.

아빠는 당신 약 타러 가서 사고가 났다며 자책하셨다. 안 그래도 된다고 했지만, 소용돌이에 빠져 헤어 나오질 못했다. 엄마가 돌아오지 않았다면 하마터면 아빠도 잃을 뻔했다.

비가 온다.

그날 우리는 엄마를 잃을 뻔했다. 강한 엄마는 그냥 가지 않고 사력을 다해 돌아왔다. 엄마를 잃고 모든 것을 잃을 뻔했던 우리에게 엄마는 '감사'를 가지고 돌아왔다. 어린 나이에 선행학습한 느낌도 없잖아 있지만, 덕분에 일찍이 감사를 누리고 산다. 절망에서 건져 올린 가치다.

29년 전 오늘, 하늘이 폭삭 내려앉은 것 같았던 그날을 살포시 꺼내 본다. 뜨거운 것이 울컥 올라온다.

비가 온다. 엄마는 왜 그날 거기 갔을까?

여보 당신, 은자

《안나 카레니나》 읽기 1주 차 독서 모임이 있었다. 남자 둘, 여자 다섯 명이 참여했다. 독서 모임에서 만나는 남성분들에게 호기심이 인다. 바둑 두러 가는 대신 책을 들고 오신 분들의 삶에 대한 호기심이기도 하다. 직장 생활하시는 동안 꾸준히 독서를 하셨을 가능성이 크다. 퇴직하시고 책 읽는 모임에 오고 싶으나, 여성이 대부분이라 오시기 쉽지 않았을 테다. 오늘 오신 남성분은 매주 서양 고전 수업에서 만나는 분과 처음 뵙는 할아버지 한 분이다. 역시나 꾸준히 독서를 해 오신 분들이시다. 같은 글에 대한 다른 해석이 기대된다.

각 인물의 특성에 대해 의견을 나눈다. 안나의 불륜은 안나의 죄이기도 하지만, 아내의 감정에 무심한 남편에게도 다소 책임이 있다는 의견이 나온다. 여성들 위주의 편중된 사고를 한편으로 즐기며 안나의 남편을 개구리 해부하듯 잔인하게 몰아세운다. 안나에게는 사회적 지위와 체면, 쇼윈도 부부보다 따뜻한 말 한마디가 더 필요했던 건 아닐까?. 사랑한다, 힘들었지? 고마워, 미안해 등, 남편의 따뜻한 표현이 위기의 안나를 구해줄 수 있었을지도 모른다. 엉뚱하게 남성분들에게 불똥이 튄다. 발끈하신다. 사랑한다고 꼭 말을 해야 아느냐는 남자분들의 물음에, 우리는 모두 '그렇다'라고 대답한다. 1초도 안 걸리는 일이 뭐 그리 어렵냐, 돈이 드냐, 부인이 그렇게 듣고 싶어 하면 한번 해 줘도 되지 않냐, 책 읽고 공부하는 이유가 뭐냐……. 웃으며 말하지만, 벌떼와 같다. 어쩌면 다음 주 수업에 안 오실지도 모르겠다. 선생님은 발제 중 하나로 배우자의 호칭과 핸드폰에 저장된 이름을 묻는다.

김창옥 강사의 강의를 듣다가 배꼽을 잡았다. 그의 아버지는 귀가 들리지 않으셨고 폭행과 폭언을 일삼으셨다고 한다. 도박으로 가산을 탕진하고 가정에 충실하지 못하셨다. 자연히 어머니의 언어는 거칠어졌고 그 자신은 부모로부터 상처받으며 자랐다고 한다. 그런데도 방송에선 꽤 유쾌해 보인다.

그가 조사한 바에 따르면 행복한 가정과 불행한 가정은 언어에서도 차이가 난다고 한다. 집안에서 쓰는 언어에 차이가 있

인생을 쓰는 시간

다는 말씀이시다. 배우자를 사귈 때도 그 집안의 언어를 알아야 한다고 하신다. 행복한 가정은 부부간의 대화법이 다르고 서로를 부르는 특별한 애칭이 있는 경우가 많다고 했다. 그러면서 당신 부모님들에게도 특별한 애칭이 있다고 하신다. 평생을 싸우고 폭행을 일삼으셨다면서 애칭이라니? 연세 드신 그분들의 애칭이 궁금했다.

"제 어머님은 주로 '인간'이란 호칭을 자주 쓰십니다. 어휴 저 인간, 이 인간"

몇 가지를 상상해봤지만, 인간이 나오리라곤 생각도 못 했다. 고도의 지능을 가진 '인간'이란 단어의 다양한 쓰임을 본다. '인간'이란 호칭을 쓰는 집안의 분위기가 금방 연상된다. 톨스토이가 말한 행복한 가정과 불행한 가정의 비교가 쉽게 이해된다.

우리 엄마 아빠의 호칭은 여보 당신, 인간이 아니라 '은자 저가부지, 은자 어무이'다. 자식이 다섯이나 되는데 오빠들 대신 내 이름을 붙여 호칭을 쓰고 계신다. 우리 집안 언어의 문제는 호칭이 아니라, 엄마의 목소리가 늘 담장을 넘어간다는 데 있다. 엄마는 작은 소리로 말하는 걸 못 배운 모양이다. 연세 높아짐에도 목소리는 여전히 쩌렁쩌렁하시다. 전화 통화를 해도 통화하는 아빠보다 옆에 있는 엄마 목소리가 더 클 때가 많다. 아빠가 힘들긴 하지만, 어두운 언어를 쓰는 집안은 아닌 것 같다.

내 이름은 추를 잃어버린 양팔 저울처럼 우리 부부 사이에선 도통 불리지 않는다. 여보 당신 은자, 아무리 교육해도 되지 않는 것 중의 하나다. 그 고집도 원인이지만, 집안의 언어가 문제였다는 걸 뒤늦게 알았다. 강사님 말씀처럼 집안의 언어를 살펴보지 못한 내 불찰이다. 이 집안의 분위기는 낮은음 '도'였다.

감히, 감정 표현이란 걸 해 보지 못하고 자랐다. 함부로 내 감정을 드러낼 분위기가 아니었다. 외동아들이었지만 어리광 부리지 못했다. 어렸지만 어린 티를 낼 수 없었다. 집안의 분위기에 늘 짓눌렸다. 공기는 무거웠고 목소리는 낮았다. 까불고 들뜬 삶은 익숙하지 않았다. 내 기분을 말해 보지 못했다. 웃을 일도 없었지만 웃지 못했다. 기쁨은 제때 표현하지 못했고 슬픔은 차곡차곡 쌓아뒀다. 개그콘서트를 봐도 웃질 못하는 남자였다. 나와는 정반대의 표현 방식이었다. 그 모든 것들이 내 호칭을 앗아갔다. 그걸 너무 늦게 알았다. 이 낯선 곳에 들어온 비교적 높은 톤과 연이어 태어난 두 아이가 그 분위기를 많이 바꿔났다. 그러나 몸에 밴 그의 낮은음은 좀처럼 올라오질 않았다.

"여보, 내가 도로 건너편에 지나가고 있으면 그땐 나 어떻게 부를 거야?"

호칭을 쓸 수밖에 없는 상황을 만들어 물어보지만, 그의 대답은 내 질문을 능가한다.

"전화하면 되지!"

요즘 애들 말로 '이생망'이다. 죽을 때까지 이 남자에게선 사랑스러운 애칭은커녕, 흔한 이름도 못 들을 것 같다. 호칭 대신 옆에 와서 말을 하고 호칭 없이 직진으로 대화를 시작한다. 돈도 시간도 들지 않는 일이지만 그에겐 여전히 어색한 일이다. 나에게도 좀체 익숙해지지 않는 일이다.

표현에 서툰 사람이라, 핸드폰이라고 다르지 않다. '마눌' 두 글자가 내 이름이다. 그나마 없는 호칭처럼 비워두지 않은 게 다행이다. 수업에 참여하신 두 남자분도 마찬가지다. 여자들처럼 '사랑하는', '행복한' 등의 미사여구는 쓸데없는 액세서리다. 그냥 이름 세 글자면 끝이라며 정당화시키려 하신다. 누군가 당신의 핸드폰을 줍는다면, 최소한 아내라는 증거는 있어야 하지 않느냐고 말해봐야 소용없다. 생존에 필요한 것이 아니면 언어라고 다를 바 없다. 남성들에게 필요한 건 오로지 가족을 지키는 총뿐이다.

애칭에 대한 갈증은 세월이 흘러도 식질 않는다. 남자를 바꾸지 않는 이상엔 불가능할 것 같다. 안나가 브론스키에게 빠진 건 다이아몬드 반지가 아니라 남편에게서 느껴보지 못한 비언어에서 비롯되었다. 강렬한 눈빛, 건네는 손, 그걸로 인해 그들의 사랑은 시작되었다. 호칭은 죽을 때 후회용으로 아껴두는 것이 아니다. 가족 간에 신장을 기증하고 골수를 기증하며 목숨을 내주기도 하는데, 돈도 안 드는 그깟 호칭에 목숨을 걸 필요는 없다. 행복한 집안의 언어를 위해 서로의 애칭을 남발해보는 건 어떨까? 생각만으로도 이미 행복이 들어오는 것 같다.

인생을 쓰는 시간

팔아버린 양심

생초면 구평초등학교, 우리 학년은 18명이 전부였다. 오빠들이 있을 때만 해도 운동장이 꽉 찰 정도로 학생이 많았다. 토요일 수업을 마치고 나면 학교 운동장에 마을별로 줄을 섰다. 월요일 아침 애국 조례처럼 교장 선생님의 훈화 말씀을 듣고 나서야 하교했다. 언니 오빠들이 맨 앞과 뒤에 서서 어린 동생들을 데리고 집으로 돌아왔다. 줄의 끝이 보이지 않을 정도로 학생이 많았다. 그러나 내가 고학년이 되었을 땐 분교가 될 정도로 학생 수가 줄었다. 그 언니 오빠들과 친구들도 모두 중년이 됐다. '40년 전'이란 말을 할 만큼 세월이 쌓였다는 게 놀랍다. 어느새 오십을 앞두고 있으니 세월이 쏜 화살 같다는 말이 실감난다.

아들이 쫀드기를 사 왔다. 어릴 적 학교 앞 문방구에서 팔던 불량식품이다. 아직도 이런 걸 팔고 있구나. 어느새 추억에 이끌려 봉지를 뜯고 있다. 그땐 귀하고 귀했던 것들이다. 꿀 쫀드기는 그중에 단연 최고였고 아폴로는 빨아먹다 못해 씹어 먹었다. 학교에서 집까지 왕사탕 하나면 흔쾌히 걸어갈 수 있었다.

아껴 먹느라 한 가닥씩 떼먹은 쫀드기를 뭉툭하게 씹어먹으며 어린 시절 갈증에 보상해준다. 이게 뭐라고 어릴 땐 그렇게도 맛있었을까? 아들이 추억 소환하는 날 보며 어릴 적 그 맛이냐고 묻는다. 맛은 그때랑 비슷한데 그때만큼 맛있지는 않다. 설겅설겅 씹히는 화학 재료의 정체가 무얼지 먼저 생각한다. 오빠들이 우리를 데리고 학교 다닐 때만 해도 매점은 물론 문방구와 슈퍼도 없었다. 고학년이 됐을 때에야 어떤 집 창고에 과자를 상자째 갖다 놓고 팔았다. 슈퍼도 아니고 문방구도 아닌 컴컴한 창고에서 과자를 골랐던 기억이 있다. 간혹 상자 귀퉁이를 쥐가 갉아 먹어 과자봉지를 이리저리 확인해야 했다.

그날, 내 인생 최대 위기가 닥쳤다. 엄마 아빠 앞에 불려 가 무릎을 꿇고 앉았다. 아빠는 마을 이장도 하시고 글 또한 꽤 읽으시는 분이라 동네를 대표해 바깥출입 하는 일이 잦았다. 한번 외출하고 오시면 바지랑 재킷에는 늘 동전이 찰랑거렸다. 꼼꼼히 계산해서 놔두지도 않는 듯해 어린 내가 슬쩍슬쩍 빼

먹기 안성맞춤이었다. 한 곳에서만 꺼내면 표날까 봐 윗옷에서 조금, 바지춤에서 조금 지능적으로 훔쳐냈다. 과자 한 봉지에 100원 200원 하던 시절이었다. 아빠의 외출이 잦아지면 잦아질수록 내가 슈퍼를 들락거리는 횟수도 늘어났다. 과자 한 봉지면 집까지 오는 길이 즐거웠다. 부귀영화가 이어지던 어느 날, 어느 순사의 고자질이었던지 아빠 앞에 불려 가게 됐다.

"거짓말 안 하면 아빠 다 용서한다, 어디서 돈이 났노? 사실대로 말해라."

"아빠, 나 그때 세뱃돈 받은 거 가지고 아껴서 이때까지 썼는데 왜 그래?"

어린 나는 순간의 기지로 위기를 넘기려 했다. 지금은 잔머리를 굴려봐도 안 되는데, 어떻게 거짓말할 생각이 났는지 모르겠다. 눈물과 함께 아빠를 속이고도 모자라 귀한 딸을 의심한 죄책감까지 떠안기며 아빠 품에 안겨 억울하다는 듯 울었다. 아빠는 딸의 눈물 앞에 그만 백기를 들고 내 등을 토닥거려 주셨다. 어린것이 어디서 그런 고약한 배짱이 있었던지 아직도 기억하는 일생일대의 사기 사건이다.

그날 아빠를 속이는 것까지는 성공했지만 양심을 속이지는 못해 그 이후로는 아빠의 주머니를 손대는 일은 없었다. 들키지 않고 그 생활이 오래되었다면, 어쩌면 위험한 인생을 살았을지도 모를 일이다.

대학교 1학년 때는 친구랑 같이 자취 생활을 했다. 일반 가정집의 다락방이었는데, 방은 컸지만, 천장이 낮아 우리 키보다 조금 높은 방이었다. 주인집을 통해서 올라갈 수도 있었고, 옥상을 통해서 들어갈 수도 있는 방이었다. 주방과 화장실을 주인집이랑 같이 쓰고 방만 독립된 공간이었다. 주인집엔 초등 남자아이와 유치원 다니는 여자아이가 한 명 있었다. 여자아이는 몸이 좀 불편했는데 우리를 언니, 언니라고 부르며 계단을 타고 올라와 자주 놀다 갔다. 그런데 이 꼬맹이가 한 번씩 우리 물건을 가져간다는 걸 알았다. 아가씨가 된 우리도 용돈 받아 가며 겨우 갖고 싶은 것들을 사 모으는데, 액세서리며 머리 핀 등이 하나씩 없어졌다. 그런데 증거가 없으니 얘기할 수 없었다.

그날도 우리 방에서 꼬맹이랑 같이 놀았다. 외출 준비를 위해 씻으러 내려가야 하는데, 이 꼬맹이가 내려갈 생각을 안 한다. 책상 위에 만 원짜리 한 장도 있다. 그런데, 꼬맹이 앞에서 돈을 챙겨 넣으려니 왠지 아이를 도둑으로 의심하는 것 같아 그대로 놔두고 씻으러 내려갔다. 아니나 다를까 씻고 와보니 만 원짜리와 함께 아이가 사라졌다. 눈 뜨고 코 베인 격이다. 그제야 지갑에 챙겨놓지 않은 걸 후회한다. 미리 아이에게 주의 주지 않은 날 탓할 수밖에 없었다.

또 몇 년 전, 아래층에 중학생과 초등학생 형제를 둔 세입자가 들어왔다. 아들보다 두 살 많은, 같은 초등학교 형이라 자주 놀러 왔다. 통통하게 살이 쪄 웃으면 곰돌이 얼굴이 되는 귀여운 아이였다. 맞벌이하는 가정이라 하교 후 혼자 지내는 시간이 많았다. 가끔 떡볶이나 간식을 만들어 주면 맛있게 먹고 아들과 자전거를 타러 가기도 하며 친하게 지냈다. 그날은 아르바이트 한 돈 십만 원을 받아 온 날이다. 분명히 가방 속에 봉투째로 놔뒀는데 그 아이가 돌아가고 나서 봉투째 사라졌다. 아들에게 물었더니 형을 의심하는 날 오히려 더 무안하게 했다. 증거도 없는데 그 아이에게 가서 확인할 수도 없었다. 며칠 일한 돈을 그렇게 홀라당 날리고 야무지게 챙기지 못한 나를 탓해야만 했다.

내 지갑은 늘 그 자리에 너무나 무방비하게 놓여있다. 내 아이들이라면 엄마를 닮아 슬쩍 지폐 한 장씩을 빼가야 정상인데, 내 지갑은 너무나 멀쩡하게 그대로 있다. 아니다, 어쩌면 그때처럼 경제관념 없고 야무지지 못해서 아이들이 지갑을 넘봐도 내가 눈치 못 채고 있는지도 모른다. 아니면, 늘 가난한 엄마의 지갑을 열어보고, 한숨을 쉬며 자기 용돈을 더 넣어 뒀을지도 모른다. 이래도 저래도 나는 통 모른다.

늦게 배운 도둑질 날 새는 줄 모른다는데, 감사하게도 나는 일찍 도둑질해 본 덕분에 늦바람 들지 않아 비교적 정상적으로 살아가고 있다. 오히려 지금은 당하고만 살 것 같다고 남편이 염려하는 사람 축에 드니, 사람 일을 알 수가 없다. 그러나 당해도 당하는 줄 모르니 억울하지 않고, 내 어리석음을 이용하고자 달라붙는 사람도 없으니 다행이고 감사한 일이다.

세상은 뿌린 대로 거둔다고 하는데, 어쩌면 그때 아빠 바지춤에 찰랑거리던 동전들이 오히려 나를 사람 구실 하게 해 준 밑천이 됐는지도 모르겠다. 세상에서 가장 양심적인 사람을 속여먹고도 팔아버린 양심을 이용해 글을 쓰고 있는 교활함이라니, 참 양심도 없다.

분실신고

중학생 때부터 쓰던 빨강 머리빗을 아직도 쓰고 있다. 물건을 잘 잃어버리지 않는 탓도 있지만 한 번 내게 온 물건은 고장 나거나 필요 없는 것이 아니면 오래도록 사용한다. 싫증을 잘 내는 성격도 아니라 지겨운 줄도 모르고 쓴다.

처음으로 내가 분실 센터에 전화 한 곳은 차고지다. 버스에서 답장을 보내기 위해 오른손 장갑을 뺐던 게 원인이었다. 답장을 보내고 고개를 들어보니 내릴 곳이어서 허겁지겁 내렸다. 버스에서 내리자마자 장갑을 자리에 두고 내렸다는 걸 알았다. 당황해서 어떻게 해야 할지 생각이 나지 않았다. 집으로 돌아와 종점 사무실에 전화를 해봤지만, 끝내 장갑은 찾을 수 없었다.

손이 커서 마음에 드는 장갑 사기가 쉽지 않다. 가죽 장갑은 더욱이 더 그랬다. 잃어버린 장갑은 크기도 넉넉해 마음에 쏙 드는 장갑이었는데 내내 마음 쓰였다. 한 짝만 남은 장갑은 있으나 마나였다. 남은 한 짝을 버렸다. 좀처럼 없는 일이라 자책과 아쉬움이 남았다.

늦은 아침을 먹으며 TV를 켰다. '뭉쳐야 뜬다' 김성주와 안정환, 김용만과 젊은 배우 한 명이 스위스 여행하는 장면을 담은 프로그램이다. 코로나 이전에 했던 방송 같다.

문득, 중학생 시절이 생각난다. 사춘기 여중생들은 안 해도 될 백만 가지 걱정과 쓸데없는 상상 오만가지를 한다. 결혼하고 싶은 남편의 성(姓)은? 꼭 가 보고 싶은 나라는? 결혼하고 싶은 나이는? 이상형은?

공부와는 전혀 상관없는 질문에 답을 하며 시시껄렁하게 웃어대던 시절이었다. 나는 한씨 성을 가진 남자와 결혼하고 싶었고 스위스를 꼭 가 보고 싶었다. 하지만 한 씨 대신 김 씨와 결혼했고 스위스도 아직 못 가봤다.

영화 관람 좋아하는 남편 덕에 75인치 TV를 장만했다. 어쩌다 이렇게 시원한 장면을 보면, 거금을 투자한 보람이 있다. 만년설과 초록이 한 화면에 들어온다. 스위스라고 적은 어린 소녀의 꿈이 생각난다.

김성주가 여권 가방을 분실한 장면에서부터 봤다. 여행에서 제일 주의해야 할 것 중의 하나다. 기차를 타고 가는 중에 여권 가방을 분실한 걸 알고 여기저기 뒤적이며 찾는 장면이다. 화면에서 늘 웃던 그가 진지하다 못해 심각한 표정이다. 당연한 일이다. 지켜보는 시청자도 그의 난처함에 공감된다. 행여나 몰래카메라가 아닌지 상대방을 의심하기도 한다. 짐을 다 뒤져봐도 없다. 결국 한국에 있는 아내에게 전화해 대사관에 알아봐 달라고 부탁한다. 생각보다 일이 커지자 작당을 벌인 김용만 일당이 몰래카메라임을 밝히는 에피소드였다. 여행 중에 일어날 수 있는 상황을 설정해 재미를 유발했다.

멘토 선생님이 최근 동시집을 출간했다. 갈색 가죽 장갑을 축하선물로 골랐다. 약속 장소에 도착해 입구에서 잠시 기다렸더니 꽁꽁 싸매고 나타나셨다. 왜 밖에서 기다리느냐고 손을 내미시는 데 까만 장갑을 끼고 오셨다. 망했다는 생각과 다행이란 생각이 동시에 스쳐 간다. 다른 걸 사야 했다는 생각과, 같은 색이 아니라서 다행이란 생각이다.

음식점에 들어와 앉자마자 선물을 내밀었다. 장갑에 또 장갑이라 민망하다. 선생님은 내가 민망하지 않도록 껴 보시곤 마음에 드는 듯 말씀하신다. 끼고 오신 까만 장갑을 나에게 선물로 건네신다. 손이 커서 가죽 장갑을 사 본 적이 없다. 선생님

선물을 고를 때에도 마녀 손가락같이 뾰족한 장갑을 껴 보지 못하고 색깔만 보고 선택했다. 내가 산 것보다 더 비쌀 것 같은 장갑이다. 적당히 늘어나서 내 손에도 쑥 들어간다. 선물한 사람이 오히려 선물을 받는다. 내 감사는 제2금융권이라 늘 복리로 돌아온다.

아빠는 방에 들어와 누워서는 반지가 없다고 하신다. 그런데도 전혀 당황하는 기색이 없다. 마치 반지를 어디에서 잃어버리셨는지 알고 있다는 듯한 태도다. 살이 빠지자 반지도 헐거워져 최근 몇 번을 잃어버렸다가 찾으셨다. 이번 반지도 잃어버리고 새로 산 건데 또 잃어버리신 건 아닌지 모르겠다. 애를 태우는 대신 천연덕스럽게 잠을 청하신다. 아궁이에 불 넣고 왔으니 거기에 있을 거라고 느긋하시다. 오히려 애가 닳는 건 나다.

아니나 다를까 다음 날 아침 그곳에서 반지를 찾아오셨다. 불 땐다고 나뭇가지 좀 만졌기로서니 반지가 빠져서야 원, 곧 또 잃어버릴 게 뻔하다.

"아빠, 그 반지 또 잃어버리는 게 낫겠나, 그냥 나 주는 게 낫겠나?"

"하고 싶으면 너 해라."

미련도 없이 빼 주신다. 아빠 약지에 끼는 반지가 내 검지에 딱 맞다. 그럴싸한 이유를 대며 날강도같이 빼앗아 왔다.

집에 돌아와 아빠 생각이 나면 그 반지를 꼈다. 아빠가 곁에 있는 것처럼 느껴진다. 그러나 순금 남자 반지를 끼고 다닐 수 없어 내내 보석상자에 넣어뒀었다. 지인 언니가 엄마가 주신 금반지를 목걸이로 바꿔서 하고 다니는 걸 봤다. 집에 묵혀두는 것보다 착용하고 다니는 게 좋을 것 같아 지난해 금값 올랐을 때 이쁜 목걸이로 바꿨다. 아빠가 주신 증표로만 간직해야 한다는 고정관념을 버리고 목걸이로 하고 다니니 오히려 함께 하는 기분이라 훨씬 제값을 한다.

아들은 큰 도둑, 딸은 이쁜 도둑이라고 한다. 아빠는 분실신고도 못 해 보고 딸에게 반지를 빼앗겼다. 물욕도 없는데 딸이 탐을 내니 두말하지 않고 빼 주셨다. 어릴 적 아빠 등에 달라붙어 다니던 딸은 이제 분신처럼 아빠를 목에 걸고 다닌다.

잃어버린 반지는 찾으면 되고 여권이랑 장갑은 분실 신고하면 되고, 그도 안 되면 새로 사면 된다. 그런데 아빠는 잃어버리면 어디다 전화해야 하지? 하늘나라 전화는 불통이라는데, 어떡해야 하지? 두고 내린 장갑도 당혹스러웠는데, 그날의 혼란은 어떻게 감당해야 할까? 기도보다 더 셀 것 같은 주문을 걸어 본다.

나는 좀체 물건을 잃어버리지 않는다.

나는 좀처럼 물건을 잃어버리지 않는다!

Episode 4

쓰면서 배웁니다

비명

　마트보다 시장을 많이 간다. 적은 금액으로 훨씬 실속 있게 장을 볼 수 있을 뿐만 아니라 단골 가게가 많아 편하고 만만하다. 이사 오기 전 동네에 채소를 팔고 김치를 담가 파시는 아주머니가 계셨다. 재개발로 하나둘 이주해 나가자 채소가게 물품도 싱싱한 채소 대신 염장된 것들 위주로 바뀌어 갔다. 그래도 요리하다가 갑작스레 필요한 게 있으면 얼른 달려가는 곳은 그 채소가게였다.

　그날도 뭔가를 사기 위해 가게에 들렀다. 아주머니는 김치를 담고 계셨다. 거의 마무리가 돼가는 것 같았다. 고무장갑 뺐다 끼웠다 하기 번거로우실 것 같아 잠시 기다리겠다고 했다. 곁에서 도와주시던 할머니께서 젊은 시절 젖소 농장을 하신 이야기를 하고 계셨다. 결론부터 말하자면, 할머니는 소에게서 인생을 배웠다고 하셨다.

말 못 하는 짐승이지만, 그 안에도 서열이 존재한다고 했다. 우두머리는 절대로 음식도 많이 먹지 않고 그 행동거지가 점잖다고 했다. 반대로 못난 소는 툭하면 뿔로 들이받는 행동거지를 해 주인 눈에도 자연스레 서열이 보인다고 했다. 우리 눈엔 보이지 않고 들리지 않지만, 그들 나름의 몸짓으로 서열을 정하는 것 같다고 하셨다. 소 한두 마리만 키우던 우리 집에선 볼 수 없던 장면이다. 내가 어려서 미처 몰랐을 수도 있다.

한 번은 농장을 새로 지어 소를 모두 옮겨야 했다고 한다. 가까운 거리가 아니라 트럭에 소를 싣고 옮겨야 했는데, 한꺼번에 그 많은 소를 다 옮기지 못하니 한두 마리씩 싣고 옮겨야 했다. 그때마다 소들이 울며불며 난리였다고 했다. 소 시장에 팔려 가는 게 아니라, 이사 가는 거라고 어떻게 알려줘야 했을까? 트럭에 실려 가는 소와 뒤에 남은 소는 그것이 이별이라고 생각해 발버둥을 치며 눈물을 흘린다고 했다. 한두 번도 아니고 수십 차례 같은 일을 반복했을 테니, 소들의 불안이 이해되고도 남는다. 다 이주를 마치고 마지막 소 한 마리만 남게 되었을 땐, 그 울음이 최고조에 이르렀다고 했다. 고삐를 끊고 튀어 나갈 정도로 발버둥을 치더라며 놀라워하셨다. 떠나가는 소와 남은 한 마리의 비명이 지켜보는 사람까지 딱하게 느낄 정도였다고 했다.

할머니는 그걸 보며 '짐승만도 못한 놈'이란 말이 왜 나왔는지 알겠더란 말씀을 하셨다. 듣는 나도 장면이 연상되어 애잔해졌다. 말 못 하는 짐승 무리에서 인생을 배웠다는 말씀을 연거푸 하셨다.

지난 주말에 아빠의 생신이라 시골에 다녀왔다. 마당에서 장어를 구워 먹고 TV를 보다가 11시쯤 이른 잠자리에 들었다. 남편이 전날 과음한 덕에 술자리가 일찍 끝났다. 거실과 방에 이불을 깔고 불도 다 끄고 모두 자리에 누웠다. 열어둔 창문 밖에서 개구리가 합창했다. 오랜만에 들어보는 추억의 소리다. 쉬 잠이 들지 않아 옆에 누운 올케언니와 이런저런 이야기를 하고 있는데, 갑자기 닭장 쪽에서 괴상한 소리가 났다.

그것은 비명이었다.

나도 처음 들어보는 소리다. 닭이 내는 소리라고는 상상하기 어렵다. '꼬꼬댁 꼬꼬'하는 평범한 울음이 아니다. 그것은 사람이 지르는 비명에 가까웠다. 심상찮은 낌새에 오빠들도, 나도 일어났다. 닭장에 짐승이 침입한 모양이다. 흔히 있는 일이다. 조그마한 구멍만 있어도 들쥐며 짐승들이 들어가 병아리를 채 간다. 닭장을 지을 때 제일 주의해야 하는 일이다. 오빠들이 바닥부터 꼼꼼하게 단속해 만든 닭장인데도 빈틈이 있었던 모양이다.

오빠가 소리를 지르며 얼른 달려갔지만, 비명은 그치지 않았다. 뒤따라 나간 오빠는 어느새 후레쉬를 들고 있다. 나도 부엌 뒷문에서 닭장을 향해 위협하는 소리를 질렀다. 그러자 가로등 아래 시커먼 어둠 속으로 고양이보다 몸이 긴 짐승 두 마리가 꽁무니를 빼고 달아난다. 족제비다.

얼마 전에 태어난 병아리 7마리가 삐악거리고 있다. 족제비가 호시탐탐 노리고 있었을 테다. 공격하기엔 너무 환해, 불이 꺼지길 기다리고 있었나 보다. 집안에 불이 꺼지자 공격에 나선 것이 난데없는 인간의 공격에 혼쭐이 나고 말았다.

족제비는 달아났지만, 닭의 비명은 그치질 않는다. 족제비가 목을 반쯤 꺾어 놓고 가 목이 덜렁거리는 건 아닌가 하는 상상을 하게 된다. 그러나 직접 확인하고 싶은 마음은 없다. 오빠들 말로는 물리지는 않았다고 한다. 그러나 닭은 여전히 소리를 지르고 있다. 놀란 가슴이 진정되지 않는 모양이다. 나도 처음 본 현장과 닭의 비명이 충격적이라 쉬 가슴이 진정되지 않는다. 좀체 그치지 않던 닭의 비명이 이제 꼬꼬댁거리며 안정을 찾아간다. 목이 물리지 않았다는 확신이 그제야 든다. 그러나 닭의 울음소리는 그치지 않는다. 지금부턴 경계에 들어가겠다는 다짐인듯하다. 밤새 새끼들을 지키겠다는 어미의 결심 같다. 가축우리에서 거친 야생을 본다. 닭은 여전히 떨고 있었을 텐데, 나는 어느새 잠이 들고 말았다. 내가 잠이 들고도 닭은 밤새 울었고, 새벽녘에 족제비가 한 번 더 왔다고 오빠들이 말했다. 그러나 새벽을 알리는 울음은 여전했다. 어젯밤 비명에 약간 목이 쉰 것 같기도 했으나 늦잠도 없이 새벽을 알렸다. 훤한 낮 동안은 별일 없을 테니, 어느 날보다 반가웠을 새벽인지도 모른다.

낳자마자 알을 거둬가는 주인이지만, 먹이를 주고 울타리를 손질해 주는 주인을 신뢰하는가 보다. 우리 중 누군가가 도와주길 바라는 듯한 믿음으로 비명을 질렀다. 마치 입으로 내장을 다 토해낼 정도의 사력이었다. 날렵한 족제비로부터 새끼를 지키기 위한 어미의 절규였다. 엄마 아빠 둘만 남은 집 닭장엔 이미 피바람이 불었는지도 모른다. 상상하고 싶지 않은 장면이다. 머릿속을 떠나지 않는 닭의 비명이다.

우리도 그 비명 같은 보살핌 속에서 자랐다는 생각이 든다. 농사일에 바빠 자식들 돌보지 못했다고 하지만, 그 땀과 눈물이 모두 비명이었음을 안다. 자식들 굶기지 않으려는 필사의 몸부림이었다. 그 몸이 이제 다 닳아 마지막에 다다랐음을 본다. 여든여섯 번째 아빠의 생일이 기쁘지만, 마냥 기쁘지만은 않음을 고백한다. 단단하던 몸이 야위어 쓰러질 듯하다. 족제비처럼 우리가 그 몸을 다 빼먹은 것 같아 죄송스럽기도 하다. 다시 만나는 날까지 축나지 않고 계시기를 바란다. 난데없는 비명이 우리에게 오지 않았으면 하는 터무니없는 바람을 내 본다.

바다가 육지라면

나는 가끔, 아빠가 바람을 좀 피웠더라면 엄마 아빠에게 그렇게 많은 사건 사고는 없지 않았을까? 하는 엉뚱한 생각을 한다. 신은 올곧고 바른 아빠의 선비 같은 삶에 딱히 내릴 벌이 없어 몸에 고통을 주신 건 아닐까? 하는 이상한 생각 말이다. 또 가끔 내 딸이 장애가 아니었더라면 남편이 나 몰래 바람을 피우거나 허튼짓하지 않았을까? 하는 생각도 한다. 딸의 장애에 석고대죄의 업보를 짊어진 건 아닐까? 하는 이상한 생각 말이다. 미끈한 인물로 봐선 그는 다분히 뭇 여성들의 품에서 세월을 보냈어야 했는데, 마치 쇠사슬에 묶인 프로메테우스처럼 제 기운을 다 펼치지 못하고 살았는지 모른다.

딸이 17개월이 되었을 때 처음 병원에 갔다. 큰아이 육아일기에 쓰인 그대로를 똑같이 따라 하는 동생이었다. 그러나 돌이 지나고 "엄마 아빠" 입을 뗄 시기에도 딸은 손짓으로만 모든 것을 해결하려고 했다. 똑같은 육아일기의 그래프에 갭이 생기기 시작했다. 하지만 각종 검사에서 뇌인지나 신체적으로 아무런 문제가 발견되지 않았고 치료 선생님의 요구사항에도 아이는 지극히 정상적인 반응을 보였다. 검사 결과 조금 늦되는 아이로, 좀 기다려 보자는 의견을 가지고 돌아왔다. 그러나 아이의 입은 좀체 떨어지지 않았고 언어치료와 각종 검사가 시작되었다.

조금 더 자라 딸아이는 유사 자폐증이란 진단을 받았다. 조금은 예상했던 결과이긴 했지만, 심장이 툭 떨어지는 듯했다. 뇌, 뇌파, 귀, 염색체 등 각종 검사상에 이상은 나오지 않았지만, 아이의 언어발달은 정상적이지 못했다. 임신 막달에 심하게 몸살을 앓았던 것과 이른 TV 시청이 원인이 될 수도 있겠단 추측만 할 뿐이다. 원인을 알 수 없어 답답했고 왜 하필 내게 이런 일이 일어났는지 원망스러웠다. 상황을 받아들일 수 없어 의심과 희망의 시소를 타는 세월을 보냈다. 긴 언어치료실 생활과 각종 치료 수업이 이어졌고 아이의 언어는 조금씩 트이기 시작했다. 다행히 거동에 지장 없고 인지능력이나 습득력이 좋았다. 상호작용이 안 돼 어려움 많았지만 밝고 건강한 성격이라 교육에 잘 따라와 주었다. 중증이 아니어서 교육 효과가 빨랐고 지금은 비록 계약직이긴 하지만 공기업에 입사해 이쁜 성인의 삶을 살고 있다.

남편에게 딸은 아픈 손가락이다. 무뚝뚝하고 인정스럽지 못한 성격에도 불구하고 딸에겐 애달픈 사랑을 전한다. 스물네 살이나 된 딸을 늘 아기처럼 바라보고, 다이어트하는 딸을 유혹해 굳이 입에다 음식을 넣어주며 내 원성을 듣는다. 요구하지도 않는 물건들을 사다 주며 사랑을 갈구한다. 내가 그러하듯, 막내는 다 커도 막내라 여전히 어리광을 부리고 아빠는 훈계하지 않는다. 딸이 이상 없이 잘 자랐더라면 남편은 아마도 가정에 얽매이지 않았을지도 모른다. 신경 쓰고 챙겨야 할 일 없는 삶은 집보다 밖을 향하지 않았을까? 하는 생각을 한다. 아버지는 절대 안 닮겠다던 사람도 결국 아버지를 닮는 모습을 많이 봤다. 엄마를 안 닮고 싶지만, 엄마를 똑같이 닮아가는 내 유전자와 다르지 않다. 그는 집안에 허리가 붙들려 집을 지키는 파수꾼이 되었다.

남편뿐만 아니라 나에게도 딸은 겸허한 삶을 살게 했다. 나 또한 딸이 아니었다면 경거망동하며 철들지 못한 채로, 낯 뜨거운 삶을 살았을지도 모른다. 틀림없이 그랬을 것이다. 인간답게 살도록 신이 내게 주신 아량인지도 모른다. '그럴 수도 있다'를 좀 더 쉽게 받아들일 수 있었고 '그럼에도 불구하고' 이겨내는 삶을 배웠고, 더불어 감사를 알게 해 줬다. 내 딸로 인해 내 삶이 풍요로워졌다는 아이러니를 이해할 수 있을까?

　가수 위너의 맴버, 송민호가 혼자 있는 시간을 견디지 못하는 공황장애라는 걸, 오은영 박사와의 상담을 통해 알았다. '신서유기'나 '강식당'에서 보여준 내 아들 또래의 친근함과, '싱어게인'에서 보여준 아티스트적인 면을 좋아한다. 그는, 그냥 노래하는 가수가 아닌 아티스트다. 좋아하는 사람의 이면이라 놀라웠고 안타까웠다. 다수의 예술가의 모습이기도 했다. 곡을 만들고 그림을 그리는 끊임없는 창작활동을 통해서만 오직 삶의 의미를 찾을 수 있다고 토로한다. 활동하지 않는 기간이나, 혼자만의 시간이 그에겐 죽음과 같은 고통이라고 한다. 이런 아이러니가 있을까? 오직 창작, 작업을 통해서만 존재의 희열을 느끼고 그 외의 시간엔 바람 빠진 인형으로 전락해 버리는 인간의 나약함, 끝없는 자학과 굴레. 그에게 예술이란 무엇이고 공황장애란 어떤 것일까?

　나 또한 여러 가지 장애 또는 장해를 가지고 있다. 오만방자함은 기본이고 설렁설렁 대충대충 빨리빨리 하는 장해는 선천적인 장애가 아닌가 싶기도 하다. 최근 들어선 건망증이란 새로운 장애가 생겼고 자기 비하를 하는 자만의 장애도 있으며 상대를 잘 파악한다는 교만의 장애도 있다. 그런데도 이 모두를 포장하는 교묘함도 가지고 있으니 지극히 정상인 중증 장애다.

어릴 적 시골에선 농번기를 끝내고 나면 그동안의 고단함을 푸는 잔치, '회치'가 열렸다. 돼지를 잡고 말 술을 풀어놓고 춤과 노래로 하루를 즐기는 날이다. 장구 소리에 어린 우리도 절로 신이 났고, 술에 취해 일찍이 뒤로 빠져 앉는 아저씨들도 있었다. 그날만은 농사꾼의 옷이 아닌 외출복으로 차려입고, 누구의 시선도 신경 쓰지 않고 노래를 부르며 그동안의 숨겨둔 끼를 발산한다. 그때 어른들에게서 많이 들었던 노래가 '바다가 육지라면'이다. 음치 박치인 엄마가 꺾이지 않는 고음에 인상을 쓰고 핏대를 세우던 모습이 선연하다.

바다가 육지라면 바다가 육지라면, 불가능한 것들에 대한 희망이다. 바다가 육지라면 님 떠난 그곳에서 울고 있진 않을 텐데. 아빠가 여성관에 문란했다면, 남편이 속을 썩였더라면, 딸이 아프지 않았다면, 공황장애가 없었더라면.

이만큼 살고 보니 삶은, 바뀌지 않는 것들을 수긍하는 용기도 필요했다. 젊은 혈기로 무조건 부딪히는 것에도 한계가 있었다. 거부하고 옭아매고 상처 주기보단 편안하게 내 것으로

인생을 쓰는 시간

받아들이는 지혜도 배워야 했다. 지금 여기서 이 모든 상황을 받아들이고 내가 할 수 있는 것부터 시작해야 했다. 그것이 바로 풍요에 이르는 길이자, 내 삶의 주인으로 사는 길이었다. 남편과 내가, 딸과 송민호가 짐을 내리고 내 인생의 주인으로 살아야 한다.

바다가 육지라면, 바다가 육지라면.

바다가 육지가 되길 바라기보다, 내가 발 디딘 이곳에서 내가 할 수 있는 것에 더 집중해야 함을 안다. 수많은 발버둥과 욕심과 헛된 바람 끝에 내게 온 결론이다. 바다가 육지라면은 이제 욕망의 이름이 아니라 신라면을 대체하는 한 끼 식사일 뿐이다. 더도 덜도 아닌 오늘 점심 메뉴다.

길

시집에 산 지 5년 만에 분가했다. 도서관과 의료원, 운동장과 공원이 주변에 있어 아이 키우기 딱 좋은 곳이었다. 게다가 아파트 1층이라 아이들에게 천국이었다. 집안에서 줄넘기를 배우고, 공놀이해도 신경 쓰지 않아도 되는 곳이었다.

아파트 사이에 고립된 단독주택에 살 땐 아이와 나는 세상과 섞일 수 없었다. 아파트 놀이터에서 친구를 사귀고자 해봤지만, 물과 기름처럼 어우러지지 못했다. 이사 간 곳은 또래 아이들이 열 명 가까이나 있었다. 특히나 큰아이는 함께 공을 차고 자전거를 타고, 놀러 갈 친구 집이 생겨 얼굴이 늘 상기되어 있었다. 집 앞이 바로 공원이고 숲이라 그만한 아이들 대여섯 명이 놀기에 안성맞춤이었고 한 명이 나오면 줄줄이 나와, 동네를 시끄럽게 만들었다. 뒷산에 올라 가재를 잡고, 공원에 청설

모를 쫓아다니던 뜀박질 소리와 까르륵거리던 웃음소리도 쟁쟁하다. 비 오는 날은 비옷과 장화로 무장하고 달팽이를 잡으러 나갔다. 굳이 젖지 않으려 애쓸 필요가 없었다. 플라스틱 통 안에 달팽이 몇 마리를 담아 오며 웃음 짓던 아이들의 빛나던 눈망울이 선하다.

여름밤에는 이른 저녁을 먹고 자전거와 씽씽이를 가지고 나가, 어두워질 때까지 놀다가 들어왔다. 이른 조숙증으로 살이 찌기 시작하는 딸아이의 다이어트에도 시기적절했다. 여름 방학이 지나자 키가 쑥 크고 눈에 띄게 살이 빠졌었다.

사운드 오브 뮤직처럼, 아이들의 웃음과 노랫소리로 가득했던 동산이다. 산 아래, 교통도 불편하고 해도 잘 들지 않았던 오래된 아파트였지만, 그곳에서 아이들이 마음껏 자랐다.

아이들의 시간은 낮과 밤의 구분이 확실했다. 낮에는 새카만 땀이 흐를 때까지 뛰어놀고, 밤이 되면 깨끗이 씻고는 책을 펼쳤다. 순간의 몰입은 낮의 열기를 앗아갔다. 한글을 익히고 혼자 책을 읽는 아이의 독서량은 놀라울 정도였다. 감성이 풍부해 곧잘 울음을 터트리기도 하고, 다음날까지 머릿속에 주인공을 넣어 다니며 곱씹기도 했다. 말과 글이 느렸던 딸아이도 책을 펼쳐놓고 혼자만의 이야기를 만들어 갔다.

조금 더 자라, 동화가 사실이 아니라 작가가 지어낸 허구라는 사실에 아이는 절망하고 울었다. 책꽂이에 있는 모든 책을 꺼내와 "이것도 지어낸 거냐?"라며 한 가닥 희망을 갈구했다. 믿었던 이야기들이 모두 거짓이라는 사실에 어리둥절했다. 절 망을 맛본 아이를 다독여야 했다. '작가'의 존재에 대해 설명해 줬다. 아이는 서서히 희망을 발견하고 회복했다. 복숭아 같던 조그마한 엉덩이를 만지며 아이를 다독거렸던 그날의 기억이 몽글몽글 떠오른다.

버스로 세 코스면 도서관에 도착한다. 아이들과 걷거나 버스를 타고 도서관에 다녔다. 각자의 카드로 한아름 책을 빌려와 읽고 반납하기를 매주 했다.

초등학생이 되자마자 아이는 혼자 책을 반납하고 오겠다고 호기롭게 나섰다. 수없이 다닌 길이고, 몇 코스 되지 않는 길이라 몇 가지 주의사항을 알려준 후, 기꺼이 아들을 보냈다. 씩씩하게 다녀오도록 격려하고 보냈지만, 불안이 없지는 않았다.

아이는 한참이나 지나도 돌아오지 않았다. 핸드폰도 없었다. 그저 기다리는 수밖에 다른 방법이 없었다. 넉넉잡아도 왕복한 시간이면 충분한 거린데, 두 시간이 지나도 소식이 없다. 불안한 마음에 남편에게 전화했지만, 나보다 더 덤덤하다. 무슨 일이 있으면 먼저 연락이 올 테니까 그냥 기다리라고 한다.

두 시간이 지나서야 전화가 울린다. 낯선 번호다.

"아들, 지금 어디야?"

"제가 그걸 어떻게 알겠어요, 어머니."

아이의 음성에 두려움이 서려 있다. 울음을 참고 있음이 느껴진다. 호기롭게 나가 이미 절반을 실패한 부끄러움과 두려움을 내색하지 않으려 함을 알아챈다. 아이답게 울어버리면 나도 울었을지도 모르는데 용감한 척하는 아이 앞에 걱정을 더 보태지 않는다.

"도서관에 안 내렸어?"

"못 내려서 다시 돌아가면 된다고 생각하고 그냥 앉아 있는데, 버스 아저씨가 내리라고 했어요. 지금 종점이에요."

이야기인즉슨, 아이는 무슨 이유에서인지 도서관에 내리지 못했다. 보아하니 버스는 왔던 길을 다시 돌아오기에 가만히 있다가 다시 도서관 반대편에서 내리면 된다고 생각한 것이다. 그러나 버스가 종점에 이르도록 아이가 내리지 않자 기사님이 사무실에 데려와 집에 전화를 걸어 준 것이다. 아이가 도착한 곳은 부산의 끝자락, 장림이다. 거의 종점에서 종점까지 간 것이다. 기사님이 다시 전화를 바꿔, 잘 데리고 가겠으니 안심하라고 말씀해 주셨다.

"책 반납은 어떻게 하지요?"

"오늘은 그냥 집에 와. 내일 다시 가자."

그 와중에 아이는 책 반납을 염두에 두고 있다. 담담한 척하지만, 놀란 내가 거기까진 허용하지 못하겠다.

다시 두어 시간이 지나 아이가 돌아왔다. 돌아오는 길에 아이는 잠이 들었다고 했다. 녹진한 햇볕은 아이의 긴장마저 녹여버렸나 보다. 기사님이 깨워주셔서 무사히 집에 내릴 수 있었다. 그동안 나는 고구마를 삶고 아이스크림을 준비해 두었다. 아직 잠이 덜 깬 아이를 안고 험난한 도전기를 축하해 주었다.

이른 결혼과 연년생 출산으로 일찌감치 육아에서 벗어났다. 도서관 기억이 떠올라 잊고 있던 육아기를 생각하는 행복한 시간이다.

그 몽실몽실하던 녀석이 어느덧 스물다섯이다. 취준생으로 시험 준비가 한창이다. 지원 분야는 다르지만, 같이 공부하던 친구가 지난주 최종 면접에서 떨어져 그러잖아도 긴장하는 녀석에게 부담이 되는 모양이다. 어릴 때부터 같이 뛰어놀던 친구라 올해 같이 합격하길 바랐는데 아쉽다.

지오디의 '길'은 아름다운 곡이다. 시간이 한참이나 지났지만, 삶과 함께 무르익어가는 곡 같다. 젊은이의 고뇌가 눅진하게 배어있다. 자신 있게 나의 길이라고 말할 수 없는 길, 후회하지 않고 걷고 싶지만, 알 수 없는 길, 우리가 모두 길 위에 서 있다. 내가 가는 길의 끝에서 꿈을 잡을 수 있을지, 이 버스는 제대로 가는 버스가 맞는지 방황과 혼란의 연속이 삶이다. 누구 하나 예외 없이 우리 모두 그 길 위에 있다.

《아프니까 청춘이다》 김난도 교수의 책은, 청춘에게 고하는 시행착오 예찬론이자 멘토의 따뜻한 격려다. 젊음이라서, 젊기에 실패와 좌절과 눈물은 포용적이고 아름답다. 아들과 아들의 친구가 면접 따위에 고개 숙이지 않고 어린 날 자전거를 배울 때와 같은 용기로 겁 없이 도전하기를 응원한다. 다시 페달을 밟아 씽씽 그 길을 달려가길 바란다.

멸치볶음과 행복

　이동희 선생님은 딸아이의 치료 선생님이다. 딸아이가 중학교 가면서부터 만났으니, 벌써 10년이나 된 인연이다. 언니처럼, 때론 엄마처럼 편하게 여겨져 어느샌가 선생님과 학부모가 아니라, 언니 동생 하는 사이가 되었다. 젊을 땐, 음악 학원을 운영했다고 하는데, 지금은 장애우들과 군부대 관심 병사들의 음악 치료를 담당하고 있다. 그야말로 사랑과 관심이 필요한 곳으로 몸소 내려와 희생과 헌신의 삶을 살고 있다. 우리 아이들이 일반인과 함께 사회생활 할 수 있도록 부단한 노력을 하고 있다. 성인이 되어 취직한 아이들이 월급을 받았다고 전화하거나, 안부 전화할 때 제일 보람을 느낀다며 흥분의 목소리를 들려주기도 한다. 특히나 군대에서 폭행이나, 자살 시도 등 물의를 일으켜 관심 병사로 분류된 청년들을 만나고 오면 가슴 아프다는 이야기를 자주 한다. 그들에겐 음악 치료보다 좋아하는 간식을 사 가 나눠 먹으며 이야기를 들어주는 데 더 집중한다고 했다. 그들의 문제는 대부분 가정환경에서 야기된 경우가 많고 아이의 문제는 고스란히 부모의 성향과 비례한다고 한다.

본래 멋쟁이이기도 하지만, 마음 아픈 아이들에게 가장 이쁜 모습, 밝은 모습을 보여줘야 한다는 신념을 가진 언니다. 어디서 그런 이쁜 옷을 찾아내는지, 평범한 차림은 한 번도 보지 못했다. 일에 대한 신념만큼 외모를 가꾸는 데도 한결같은 의지를 보이는 언니다.

그런 언니에게도 부족한 것이 있었으니, 그것은 일찍이 여읜 엄마와 반찬이다. 내가 엄마한테 간다고 할 때나, 엄마가 아파 걱정할 때, 그것마저 부러워하는 언니다. 시골에서 지은 양파나 고추, 감 등 각종 농산물을 팔 때도 늘 친구들까지 동원해 팔아주던 언니다. 번번이 고마워 김장 김치를 한 통 내려주면, 엄마 아빠 내복 사 드리라고 불룩한 돈 봉투를 내밀어 당황하게 만드는 언니다. 그러면 엄마는 또 '엄마 없는 새댁'이라며 더 내어줄 것을 찾곤 했다.

이번 휴가에도 딸아이 편에 현금을 보냈다. 외갓집 갈 때 과일이랑 커피 사 가라고 일러줬다고 한다. 고맙지만 무겁다. 덕분에 과일이랑 회를 넉넉히 사 갔다. 또 무얼로 보답하는 게 좋을지 숙제다.

사회생활 하는 여자에게 엄마가 해 주는 반찬은 필수 요건 같은 것인데, 언니에겐 둘 다 해당 사항이 없다. 어쩌다 여유 있는 날 반찬을 해서 조금 나눠주면 세상 행복하다고 말하는 언니다.

지난번엔 멸치 한 봉지를 내려다 주고 갔다. 반들반들하고 비싸 보이는 멸치다. 살림을 안 하니 이게 얼마나 좋은 건지, 계산도 못 하는 언니다. 고추장 양념해서 보내줬다. 멸치 반찬 안 좋아한다더니 웃음이 떠나질 않는다.

급기야 며칠 전 저녁에 문자가 왔다.

그녀 : 은자야, 내가 진짜 진짜 안그랄랬는데 (몇 줄 띄움) 멸치 볶음 더 해주면 안 될까?
은자 : 디져분다이(스티커), 꺼져 부려(스티커)

몇 줄이나 띄운 칸에 머뭇거림과 미안함이 보인다. 반찬 가게서 사서 먹으면 될 만도 하건만, 맨날 내가 만든 게 제일 맛있다고 거짓말을 하면서 얻어먹는 여우 같은 언니다. 언니의 부탁이 미안하지 않도록 우스개 스티커로 대답했다.

은자 : 한 가지 소원을 더 말해 보거라. 딱 한 가지만 더.
그녀: 아이다. 없다.

은자 : 진실만 말해야 하느니라.

그녀 : 어묵볶음.

화려한 외모와는 달리 참 순박한 식성이다. 엄마 말처럼, '그까짓 것 머시라꼬' 무슨 특별한 비법이 필요한 것도 아닌데 그걸 부탁이라고 한다.

남편과 딸을 출근시키고 나니 8시다. 9시엔 요가 수업이다. 얼른 요리를 끝내야 할 것 같다. 유일하게 멀티가 가능하고 유일하게 일머리가 돌아가는 공간이 주방이다. 우선 프라이팬에 멸치를 볶아 비린내를 날린다. 약한 불에 은근하게 살살 굴려가며 볶아낸다. 멸치가 식도록 기다리며 양념장을 만든다. 고추장에 올리고당, 식용유를 넣어 끓인다. 매운 고추 두 개도 이때 넣어 끓인다. 양념이 보글보글 끓으면 불을 끄고 그것도 식을 때까지 기다린다. 뜨거울 때 비비면 멸치가 더 딱딱해진다고 한다. 양념이 식는 동안 잡채 거리를 손질한다. 양파 두 개를 채 썰고 당근과 어묵도 썰어둔다. 언닌 당근을 좋아하지 않으니 많이 넣지 않는다. 멸치를 버무리고 나면 그 프라이팬에 바로 어묵볶음을 할 거다. 어묵도 썰어 그릇에 담아두고 양념장을 준비한다. 당면과 표고버섯은 이미 물에 불려 뭉근해졌다. 살짝만 더 삶아 말랑하게 만든다. 재료 준비하는 동안 멸치 양념이 식었다. 멸치볶음은 이름은 볶음이지만, 식은 뒤 살살 무침을 하듯 버무리면 된다. 양념장에 식은 멸치를 담아 살살 버무린다. 참기름 한 방울 넣어 섞으면 끝이다. 멸치를 통에 담아 놓고 그 프라이팬에 어묵도 바로 볶아낸다. 그다음엔 잡채 재료를 다 볶은 다음 삶은 당면도 버무려 잡채도 완성한다. 하동이 고향인 사서 선생님께 배운 가지나물 레시피도 유용하게 써 먹고 있다. 엄마는 채반에 가지를 찐 다음 간장 양념에 무쳐 먹었는데, 하동 식 가지나물은 볶음이었다. 생가지에 연한 젓갈 양념을 먼저 한 후 간이 밸 때까지 기다렸다가 식용유 넣어 살살 볶는다. 고춧가루 조금 넣고 마늘 넣으면 따로 간 할 필요 없이 맛있는 가지나물이 된다. 어느새 4가지 반찬이 완성됐다. 어머님과 언니에게 나눠주다 보니 반찬통은 맨날 부족하다. 일회용 비닐에 담아도 되지만, 양념 많은 건 통에 담아야 한다. 언니 걸 담고, 우리 것도 담아 놓는다.

아들이 나와선 오늘 손님 오시느냐고 묻는다. 음식 하는 걸 오랜만에 본다. 오늘 저녁 우리 반찬도 해결이다.

'일은 못 해도 그릇은 큰 거 써라'라던 사촌 언니 말은 요리할 때마다 생각나는 명언이다. 작은 그릇에 주물럭거리다 보면 흘리는 건 예사고 쓱쓱 비벼지지 않아 양념이 골고루 배지 않는다. 게다가 일도 속도가 나지 않고 더딜 수밖에 없다.

그릇도 그럴진대, 사람은 오죽할까. 살림 살아보지 않고 막내로 자라 옹색하고 작은 가슴으로 살아왔다. 그래도 아무 상관 없었고, 나무라는 사람도 없었다. 결혼하고 아이를 낳고 나이를 먹으며 내 작음이 때로 무안하고 부끄러울 때가 많았다. 그러나 습성이 쉽게 바뀌지 않았다. 여태껏 이 그릇으로 살아도 용납해 준 가족과 내 주위의 모든 이들에게 고마울 뿐이다.

할 때마다 간이 다르고, 할 때마다 장담 못하는 요리지만 이마저 갈구하는 사람이 있어 내 작은 그릇으로도 행복한 날이다. 오랜만에 쓸모 있어 보이는 날이라 작은 종지가 넘치도록 행복한 날이다.

눈물이 나면 선암사로 가라

　나는 그날, 일이 손에 잡히지 않았다.

　장사를 준비하고 손님 맞을 시간이 다 돼 갔지만 일에 집중하지 못하고 쥐었다 놨다만 반복하며 일의 진도를 내지 못했다. 손대면 터질 것 같은 봉숭아처럼 누군가 건들면 울음이 터질 것 같았다.

　그날은 수능일이었다.

　아침밥을 먹고 남편이 아들을 수능 고사장으로 데리고 갔다. 나는 그날도 가게로 내려와 장사를 준비했다. 매일 똑같이 반복되는 일이지만 일이 손에 잡히지 않고 가슴이 먹먹했다.

　공부를 잘한 것도 아니었고, 가고 싶은 대학이 있어 전념한 것도 아니었다. 잘하는 아이는 잘해서 부모가 뒷받침해 줘야 하지만, 못하는 아이를 그냥 내버려 두는 것도 쉽지 않았다. 학원이라도 다녀야만 덜 불안할 것 같아 등 떠밀 듯 보냈다. 성적이 오르는 것도 아니었고, 학원 선생님도 아이에게 특별한 지도를 해 주는 것도 아니었다. 헛된 꿈을 꾸듯, 의미 없이 아이를 보내고 위안 삼았다.

그러나 공부 못한다고 마음마저 모자라지는 않았다. 남들 하는 고민을 같이했고, 자란 키만큼 자기 앞날을 고민했다. 뭘 해야 할지 몰라서 이과와 문과를 번갈아 가며 기웃거려 봤지만, 공부에 재능이 있어 보이진 않았다. 체대를 가고 싶다 해서 체육 입시학원에도 보내봤지만, 몸무게 10kg 늘리기 첫 번째 숙제부터 힘들어했다. 결국 그마저도 얼마 못 가 그만두고 말았다.

흔들리지 않고 피는 꽃이 있으랴만, 흔들리는 아들을 바라보며 좋은 부모 역할을 못 하고 있다는 생각에 자책했다. 좋은 부모 만났으면 이 시기도 슬기롭게 극복했을 텐데 미안했다. 그런 아들을 시험 고사장에 넣어두고 종일 마음이 심란했다. 내 마음을 아는 듯 사촌 언니에게서 전화가 왔다. 언니 목소리를 듣는 순간, 참았던 눈물이 쏟아졌다. 세상 모든 엄마의 마음이라고 언니는 위로해 주었다.

공부엔 도저히 재능 없어 보이던 아들이 제대하고선 공무원 공부를 하겠다고 했다. 섣부른 취기가 아닌지 우린 몇 가지를 점검했고, 제법 굳건한 의지를 보이는 아들을 지지해 주기로 했다. 대신 딱 2년이라는 한 가지 조건을 내걸었다. 아들은 그에 응하기로 하고 감사한 마음으로 공부를 시작했다.

초등학생 때까지만 해도 제법 똑똑한 모습을 보이던 녀석이 중학교에 들어가면서 사춘기를 겪기 시작했다. 남녀공학에서 벗어나자 몸도 마음도 흐트러진 모습을 보였다. 친구와 축구에만 관심이 쏠려 공부와는 점점 멀어져 갔다. 순진하고 어리숙한 녀석이라 사고를 치지는 않았지만, 공부부터 일상생활까지 무던히도 애간장을 녹였다.

막상 공부하겠다고 했지만, 중학교, 고등학교 6년을 가방만 메고 다녔으니 공부가 쉬울 리 없었다. 태어나 처음 하는 공부처럼 낯설었을 테다. 재능이 있는 것도 아니니, 방법도 배워야 했을 테다. 2년이라고 기한을 주었지만, 2년으로 될 수 있을지 미심쩍었다. 그러나 스스로 공부하겠다고 내뱉은 건 처음이었다. 며칠 하다가 말 건 아닌지 의심도 들었지만, 생각보다 의젓한 모습을 보였다.

학원 첫 수업을 듣고 온 날 저녁이었다.

"아들, 네 인생에 제일 공부 열심히 해 본 게 언제였어?"

"오늘이요."

내 의도는 그게 아니었다. 학창 시절에 열심히 해 본 그날처럼 해 보라고 할 참이었는데, 오늘 처음으로 열심히 해 봤다고 해서 어이없는 웃음이 나왔다.

생각보다 아들의 집념과 의지는 오래갔다. 오가는 동안 버스에서 볼 거라고 요점 정리해서 가는 모습에 놀랐다. 돌아올 때도 마찬가지였다. 시간 계획을 세워 밥 먹는 시간도 아껴가며 공부했다. 입맛도 짧은 아이가 밥도 많이 먹기 시작했다. 아무렇지 않은 척 봤지만, 놀라운 모습이었다. 절대로 누가 대신 가져다줄 수 없는 의지라는 걸 알았다. 변하고자 하면 하루 만에도 변한다더니, 도대체 무슨 일이 있었던 건지 모르겠다.

오늘 면접을 보러 갔다.

필기시험, 실기시험. 서바이벌 게임 같은 시험에서 살아남았다. 마지막 관문, 면접일이다. 나는 수능을 보러 간 그날처럼 마음이 편치 못하다. 안중근의 어머니처럼 담대하고 단호해야 할 텐데 마음이 산란하다. 하필이면 이런 날, 뒷집 아주머니는 더 요란스럽다. 온 동네가 다 듣도록 큰 소리로 말씀하신다.

'좀 조용히 해주세요!'라고 말하고 싶지만, 당신의 공간이다. 착각했다. 아파트에 층간 소음이 있다면 주택엔 담 간 소음이 있다. 내가 나가자.

눈물이 나면 기차를 타고 선암사로 가라, 등 굽은 소나무에 기대어 통곡하라는 정호승 시인의 시처럼 나도 선암사로 가야겠다. 나는 숲이 그립다. 어린이 대공원 편백 숲에 가야겠다. 그곳에 울음을 내놓아도 좋을 소나무가 있을지 모르겠다.

발바닥이 불편하지만 찾은 보람이 있다. 산길을 따라 올라가면 순간 부채처럼 펼쳐지는 편백 숲이 나온다. 쭉쭉 뻗은 나무를 따라 시선을 위로 옮기다 보면 고개가 등에 딱 붙는다. 죽을 때까지 자란다는 나무의 생명력에 감탄한다. 나무는 절대로 옆에 있는 나무의 공간을 침입하지 않는다는 속성을 읽은 적 있다. 나란히 있지만 온전한 거리 두기를 하는 그들의 배려를 바라본다. 제 생명이 오늘 나의 생명에도 도움을 준다는 걸 알까? 먹먹하고 산란한 내 마음이 어느새 경외심으로 채워져 여기까지 온 이유를 잊어버린다. 집을 나설 때와는 다른 감정으로 숲에 서 있다. 숲을 찾아온 이유다.

그 속에 나를 가두어 놓는다. 이렇게 키 큰 나무들이 인간들을 내려다볼 것이다. 조그만 것들이 잘난 척 까분다고 느낄 테다. 팔딱거리는 감정 하나 다스리지 못해 나무 아래 서 있으면서 교만하기 이를 데 없다. 내 작음을 작다고 인정한다.

아들은 임무를 마치고 돌아왔다.

4월에 필기시험을 치고 이제야 모든 일정이 끝이 났다. 학원에서 알려준 2:8 나카무라상 가르마를 씻고, 양복을 벗어 던지고 친구를 만나러 나갔다. 그래, 오랜만에 홀가분한 마음을 표현하기에는 부모보다 친구가 더 좋을 것이다. 처음 맞는 청춘처럼 즐기려무나. 그동안의 수고에 축배를 들려무나.

심란했던 애미의 감정 따윈 안중에도 없는 청춘이다. 등 굽은 소나무를 찾아갔으나, 숲에 들어서는 순간 내 모든 근심은 사라졌으니 네가 내 감정을 모르는 건 당연지사다. 바람은 사치다. 네 덕분에 선암사를 다녀왔으니 나는 그걸로 족하다. 고생했다 아들.

그분이 오셨다

《참을 수 없는 존재의 가벼움》의 체코 혁명, 《레미제라블》의 프랑스 혁명, 《한밤의 아이들》의 인도 독립, 우리의 4·19와 5·18, 가장 강력한 변화는 늘 혁명과 함께 일어났다.

어제 우리 집에도 혁명이 일어났다. 체코 혁명과 프랑스 혁명에 비하면 터무니없이 조용한 혁명이었다. 총소리도 함성도 없었다. 수류탄도 비명도 없었다. 오히려 혁명을 고대하고 있었다. 4시쯤 오시겠다는 그분을 맞을 생각에 아침부터 설렜다. 오히려 좀 더 일찍 오지 못함을 원망했다. 시계를 보며 얌전히 혁명을 기다릴 수밖에 없었다.

'똑똑'

드디어 오셨다. 총부리를 들이미는 혁명가 대신 우리 집에 일대 혁명을 일으켜 주실 거대 기업, KT 기사님의 방문이었다. 이사하고 거의 1주일을 인터넷과 TV 없이 살았다. TV는 평소에도 잘 안 보니 아쉽지 않았지만, 데이터 없이 사는 건 보통 불편한 일이 아니었다. 무제한 요금제도 아니어서 그나마 있던 데이터는 며칠 사이에 동이 났다. 남편 있는 동안엔 '콩알'에 빌붙어 있었지만, 출근해 버리고 나면 망망대해에 남은 것 같았다. 카페를 가고 도서관 와이파이를 찾아 글을 올리고 메일을 확인했다.

음악을 저장해 두지도 않아 무미건조했고, 집안일 하는 동안 듣던 유튜브 방송도 사라졌다. 습관적으로 핸드폰을 들었다가 다시 내려놓기를 반복했다. 문명의 이기에 지배받는 내 일상을 돌아봤다. IT 기업이야말로 세상의 지배자라는 생각이 들었다.

전기선을 확인하고 옥상을 몇 차례 다녀오시더니 금방 우리 집을 신세계로 만들어 주신다. 기술에 기술을 잠깐 부리니 없던 세상이 들어왔다. 알라딘의 램프에서 빠져나온 공기처럼 마음껏 온 집안을 누린다. 음악 소리가 집안을 채우고 축포처럼 데이터를 누린다. 이것은 혁명이다.

우리 집에 처음 전화기가 들어온 건 초등학교 6학년 때였다. 그 이전까지만 해도 전화기에 붙은 손잡이를 돌려 전화국을 통해야만 전화를 할 수 있었다. 그마저도 마을 이장 집에 유일하게 한 대 있었다. 서울로 시집간 딸이 엄마를 찾을 때도, 군대 간 아들이 연락해 올 때도 이장 집을 거쳐야만 가능했다. 그럼 이장은 '어느 집에 누가 전화 왔으니 속히 오시기 바랍니다.'하고 안내 방송했다. 그럼 우리 엄마든 남의 엄마든 흙바람 몸빼 바지에, 마음만은 달려라 하니였다.

80년대 중반, 마을엔 현대식 바람이 불기 시작했다. 부엌엔 아궁이와 석유풍로를 버리고 가스레인지를 넣었다. 부엌을 돋구어 마루와 같은 높이로 만들었다. 신발을 신지 않아도 드나들 수 있도록 집안으로 부엌을 들였다. 드디어 입식이 되었다. 여자들의 위치도 따라서 신장 된 듯했다. 뒤따라 냉장고가 들어오고 신김치만 먹던 밥상에 신선함이 올라오기 시작했다.

그때 전화기도 따라 들어왔다. TV에서나 보던 전화다. 낯선 전화기만큼이나 전화벨 소리도 낯설었다. 처음 전화벨이 울렸을 때, 그게 무슨 소리인 줄 몰라 당황했다. 진주서 대학을 다니던 오빠가 마침 그때 집에 와 있어 전화를 받았다. 가정마다 전화기가 들어오고 집마다 다른 전화번호를 갖는다는 게 신기했다.

고등학교 땐, 정기자라는 친구가 있었다. 지금 생각해 보면 이름만큼이나 우리 중의 소식통이었다. 눈 어둡고 귀 어두운 시절이었다. 어디서 주워들었는지 쉬는 시간 우리를 불러 모아

신용카드에 관한 얘기를 해줬다. 앞으로는 돈 없이 카드로 물건을 살 수 있어서 지갑 안에 돈 대신 카드만 넣어 다니면 된다고 말했다. 물론 우리는 아무도 믿지 않았다. 마치 TV 속에 사람이 들었다고 생각했던 어린 날처럼 믿을 수 없는 일이었다. 돈은 돈이어야지 어떻게 카드 안에 돈이 들어가냐고, 보이지 않는 상상을 믿지 못했다. 뻥 치지 말라고 오히려 더 큰소리쳤다. 그러나 얼마 지나지 않아 실제로 신용카드가 나왔고 돈 없이 물건을 살 수 있게 되었다. 신세계였다. 보이지 않는 돈을 쓰는 게 신기했다. 이젠 카드마저 핸드폰 속으로 사라져 간다. 스타벅스는 점점 현금이 사라지는 매장을 늘리고 있다. 핸드폰 안에 넣어둔 만 원짜리 한 장 믿고 들어갔다가 돈을 가지고도 커피를 못 마시는 황당함을 겪기도 했다.

마당에 있던 안테나와 씨름하던 시절도 마찬가지다. 바람에 따라 조금씩 움직이는 안테나는 꼭 결정적일 때 지직거렸다. 시시때때로 주파수를 맞춰야 했다. 야구 할 시간이 되면 오빠들은 조급해진다. 오빠는 감나무 옆에 꽂아둔 안테나를 돌리고 나는 "나온다, 안 나온다."를 외치며 화면과 오빠를 번갈아 쳐다봤다. 어린 내가 미덥지 않아 역할을 바꾸기도 했었다. 집마다 꽂혀있던 그 많던 안테나들은 대기업 기지국으로 다 사라져 버렸고 추억은 혁신이 되었다. 오늘의 혁명도 조금 더 지나면 구닥다리 안테나가 될 것이 틀림없다. 문명이 기하급수적으로 발달하니 LTE만큼 빠르게 추억이 될 것이다.

뼛속까지 문과생인 나는 과학의 발달에 도저히 발맞출 수가 없다. 삐삐도 그랬고 핸드폰도 여전하다. 특히나 다운을 받아야 하거나 예약하는 일을 자꾸만 아이들에게 미루게 된다. 남편 말마따나 알려고만 해도 머리가 멍해지니 나도 어쩔 도리가 없다. 작가의 노트북이라며 어제 남편이 선물해 준 노트북도 익숙해지기까지 시간이 걸릴 것 같다. 비싼 노트북 사 줘봐야 글쓰기밖에 하지 못하고 저장하는 일도 어설프다. 이전 컴퓨터에 있는 자료를 어떻게 담아 와야 할지도 숙제다.

그분이 오셨다. 전화기만큼, 신용카드만큼, 그보다 더한 혁신을 가져다주신 분이다. 90도 인사가 절로 나온다. 얼마나 빠르고 좋은 세상 속에 사는지 새삼스레 느낀 일주일이었다. 한편 문명의 노예가 된 우리 가족 모두를 확인하는 시간이기도 했다. 더불어 이마저도 추억이 될 미래를 상상해 본다. 하루 결석하면 따라가기 힘든 과목처럼, 문명에 너무 뒤처지지 않아야겠다는 생각도 든다.

그분이 오셨다.

조용한 집안에 조용히 혁신을 불길을 쏴 주고 가셨다. 아스라이 사라진 추억한 편도 들춰주고 가셨다.

핑계를 위한 핑계

낮잠을 잤다. 꾸지람 들을 일을 벌이고 나면 모른체하고 낮잠을 자는 고약한 버릇이 있었다. 낮잠을 자고 나면 엄마의 화가 한풀 꺾여 상황 종료된 날이 많았다. 가을걷이 한 돈으로 장만한 사기 접시를 깨트린 날도 그랬고, 꿀병을 쏟은 날도 그랬다. 더러운 먼지와 티끌을 함께 쓸어 담아 놓고 감당이 안 돼 낮잠으로 도피했다. 어린것의 발칙함이다. 구질구질하게 핑계 대지 않아도 되는 보통 이상의 영악함이었다. 그러나 어떤 날은 내 지레짐작이 엉터리가 돼 아무도 내 낮잠에 관심 없던 날도 있었다. 그런 날은 또 그런 날 대로 다행인 날이다.

그날도 낮잠을 잤다. 자야만 했다. 책받침보다 조금 더 큰 거울을 가지고 전신을 보려고 위로 쭉 뻗었다가 어지러워서 넘어졌다. 마루 아래 주춧돌에 떨어진 거울은 엘사가 만든 얼음 조각처럼 뾰족한 날을 돋우며 솟아났다. 이것보다 큰 거울이 벽에 걸려있긴 했지만, 테두리에 은색 물결무늬가 있는, 우리 집에서 보기 힘든 여성스러운 물건이다. 걱정과 두려움이 유리 조각처럼 날을 세운다. 치워야 한다는 생각보다 혼날 일이 더 앞선다. 발로 대충 치워두고 누웠다. 엄마가 돌아오기 전에 잠이 들어야 했다. 범죄자의 형태는 최대한 작고 불쌍한 모습이어야 한다. 엄마가 바라볼 내 모습까지 염두에 두고서 방구석에 웅크린 채 누웠다. 이불은 사치다. 딱딱한 바닥에 죄인의 자세여야 한다. 영악한 내 무의식은 도깨비방망이처럼 순식간에 잠을 불러온다. 굼벵이처럼 동그랗게, 너덜거리는 타이어처럼 최대한 가여운 형태를 취해야 했다. 생존본능이다.

엄마가 부르는 소리에 잠이 깬다. 하지만 벌떡 일어나지 못한다. 어떻게 일어나야 이 위기를 모면할 수 있을지를 더 궁리한다. 하지만 엄마의 목소리는 깨진 거울에 대한 분노가 아닌 것 같다. 뭔가 그보다 더 급한 일이 생긴 듯한 목소리다. 혼날 걱정에 엄마를 똑바로 바라보지 못하고 분위기를 살폈다.

"아빠 발이 못에 찔렸다. 보건소 가서 약 좀 타 오이라."

하느님 감사합니다. 아빠가 나를 보우하사 나 대신 대못 십자가를 짊어졌사옵니다.

질컥질컥한 논바닥에 뭐가 있을지 누가 알겠는가? 무릎까지 오는 장화를 신었지만, 논바닥에 있던 못에 발이 찔린 모양이다. 아빠가 얼마나 아플지는 중요하지 않았다. 아빠의 상태보다 내 안위가 더 중요했다. 보건소에 가서 약을 받아 오라고 하신다. 가야지, 무조건 가야지. 그것은 아빠를 위함보다 깨트린 거울에 대한 화해이자 용서였다. 위기의 모면이자 미안함에 대한 사과였다.

보건소는 우리 마을에서 두 마을 아래에 있다. 어린 걸음으로 30분은 걸리는 거리다. 자다가 일어나 정신없이 책가방을 메고 가려고 하니 엄마가 가방은 놔두고 가라고 했다. 맞다, 약 가져다주고 학교 가야 하니 책가방은 나중에 가져가야겠다. 잠이 덜 깬 채로 집을 나섰다. 빨리 갔다 와서 학교 가야 하니까 마음이 바쁘다. 이 시간이면 하나둘, 학교 가는 애들이 나올 땐데 큰길에는 아무도 보이지 않는다. '아직 이른 시간인가?' 생각하며 조금 더 내려갔다. 그때 갑자기 길 양옆 논에서 와글와글 개구리 소리가 오케스트라의 음악처럼 귀에 꽂힌다. 이 소리는 아침에 나는 소리가 아니라 밤에 나는 소리다. 개구리가 학교 갈 시각에 그렇게 울진 않는다. 그제야 낮잠 자고 일어난 시각이 아침이 아니라 저녁이었음을 안다. 그 순간 시커먼 공포가 확 밀려왔다. 해마저 저물어 무대가 깜깜해졌다. 큰길에는 아무도 없고 앞에도 뒤에도 사람이라곤 보이지 않는다. 논에도 일하는 사람도 다 들어갔나 보다. 매일 듣던 익숙한 개구리 소리가, 늦은 밤길에 만난 형체 없는 두려움이다. 집으로 돌아오는 길에 들었으면 죽기 살기로 뛰기라도 했을 텐데 다시 돌아갈 길을 생각하니 까만 밤이 더 까맣다. 개구리 소리가 난데없는 원효의 해골바가지다. 아침엔 열반이었던 울음이 저녁엔 지옥의 소리로 들린다.

아마도 보건소 선생님은 잔뜩 묻혀 온 어린애의 공포를 눈치챘을 테다. 그러나 그건 못에 찔린 아빠에 대한 걱정이라고 생각했을 테다. 어린 내 공포는 파상풍에 대한 염려가 아니라 뒤늦게 밤인 걸 인식한 어리석음과 다시 돌아갈 캄캄한 길에 대한 두려움이었다. 조금 전까지 멀쩡하던 무대가 전설의 고향이 돼버렸다. 뛰면 귀신이 쫓아올까 봐 걸었다. 강한 척해야 귀신이 공격할 수 없을 것 같아 울음을 참아야 했다. 뛸 수 없어 더 무서웠다. 아빠의 파상풍도, 깨진 은색 거울도 뒷이야기는 아무것도 모른다. 오직 그날의 개구리 소리와 까만 밤길이 한 폭의 그림처럼 남았다. 검은색으로만 농도 조절한 수묵화처럼.

어제도 낮잠을 잤다. 지금 낮잠은 위기를 모면하고자 함이 아니다. 새벽형 인간으로 산 지 1년 6개월이 넘었다. 유일하게 주말엔 낮잠을 잔다. 나름의 규율로 사는 나에게 주는 보상이다. 시간제한도 없다. 일어나라고 깨우는 사람도 없다. 늘어지게 자고 나니 저녁 할 시간이 되었다. 짝을 찾는 개구리 울음소리가 들리던 그 시각이다.

　지금의 나는, 어떤 방식으로 핑계를 해결하고 있는가? 슬픈 사랑을 가르쳐준다며 이별을 통보하는 김건모의 애인처럼 나도 수많은 핑계를 대며 사는 건 아닐까? 낮잠으로 모면하고자 했던 어린 날의 무기력은 줄어들긴 했지만, 여전히 변명을 늘어놓고 산다.

　그저께 시아버님 기일에도 예외는 없었다. 마음 같아선 저녁 먹을 시간에 제사를 지내고 얼른 정리하고 자고 싶다. 어머님의 자(子)시에 대한 맹목은 돌아가신 남편을 만날 것이란 기대감인 듯해 더 요구할 수 없다. 얼른 마치고 자야 한다는 욕망에도 내 건망증은 밥솥을 꽂는 걸 잊어버려 아버님이 먼저 와서 기다리는 실수를 저지르고 말았다. 새벽에 출근해야 하는 남편에게 마땅한 핑계가 없어 "오랜만에 아버님이랑 이야기 좀 하고 있으세요." 하며 죽은 조상을 끌어다 붙이고 말았다.

　새벽 독서에 빠져 아침밥 할 시간을 놓쳐 가족들이 빈속으로 나가기도 한다. 그런데도 핑계는 통하고 그마저도 이해해 주는 식구들이 고마울 따름이다.

영리하다고 말씀하시던 어른들의 말은 거짓이 아니었다. 영리함을 학업에 쏟진 못했지만, 모면하고자 낮잠 잔꾀를 부릴 수 있었다. 이 나이면 변명도 핑계도 다 필요 없을 줄 알았다. 아직도 나는 안개꽃 속에 안녕이란 두 글자만 남기고 떠나버리는 그녀처럼 말도 안 되는 핑계를 대며 살고 있다.

　변명 말고 방법을 찾아야 하는데, 방법은 어렵고 핑계는 빠르다. 더 나이 들기 전에, 더 건망증 심해지기 전에 차근차근 방법을 찾아가자. 핑계는 김건모 하나로 충분하다.

설날 아침에

일요일 아침 부산 기온이 영하 8도까지 떨어졌다. 뜨끈한 국물이 먹고 싶다. 마침 동네 언니가 준 매생이 한 봉지가 있다. 매생이굴국은 한 그릇을 다 먹도록 식지 않아 좋아하는 메뉴 중 하나다. 좋다, 오늘 매생이 넣어 떡국을 끓이자.

멸치 육수를 내고 떡을 불린다. 퍼진 떡 좋아하는 남편 입맛에 맞게 미리 넣어 푹 끓인다. 조선간장만으로 간을 하면 너무 국물이 짙어진다. 간장과 소금을 적절히 섞어 간을 한다. 볶아둔 소고기가 있다. 노른자와 흰자 구분해서 고명을 만들고 총총 대파도 썰어둔다. 김 가루도 소담스레 올린다. 근사한 아침이 준비됐다. 어릴 적 시골에선 직접 만든 두부도 넣었었다. 그 맛을 다시 느껴볼 수 있을까? 남편과 딸은 식성도 비슷하다. 떡 좋아하는 두 사람에겐 넉넉하게 담아주고, 아들과 나는 국물

위주로 뜬다.

"작은아버님, 작은어머님?"

잠결에 들리는 소리다. 방문 앞에서 언니들 소리가 들린다. 늦었다. 큰집 올케언니들이 우리 일어나기도 전에 벌써 떡국을 끓여서 세배하러 왔다. 옷을 제대로 차려입을 겨를도 없다. 세수도 못 하고 마른 손으로 대충 얼굴을 비비고 자리에 앉는다. 둥그런 쟁반에 담아 온 떡국을 꺼내 상에 차린다. 얼떨결에 설날 아침 절을 받는다. 언니들은 어느새 고운 한복을 차려입고 와서 단정하게 절을 올린다.

"오냐, 너희도 새해 건강하고 원하는 바 소원 성취하기를 바란다."

엄마 아빠는 단장은 제대로 못했지만, 질부들에게 진심 어린 새해 덕담을 전한다.

어릴 적 설날 새벽 풍경이다. 우리 임가네는 좀 특별했다. 그 우애가 좀 유별났다. 아빠 형제는 독수리 5형제처럼 한마을에 살며 한 집 식구처럼 살았다. 할아버지가 살아 계실 땐 아침 문안드린다고 대문 앞에 지게 5개가 나란히 줄지어 서 있었다고 한다. 부모님껜 간밤에 별일은 없었는지를 여쭙고 형제들과도 인사를 나누고 하루를 시작했다고 한다. 그 속에 샘솟았을 형제간의 우애와 며느리의 노고가 아찔하게 대비된다.

  설날 아침도 유별나긴 마찬가지였다. 차례를 지내기 전에 떡국을 끓여서 큰집, 작은집을 돌아다니며 먼저 세배를 드려야 했다. 차례 지내기 전에 치르는 임시정부만의 의식이다. 우리집엔 제사가 없어서 괜찮지만, 큰집 올케언니들은 얼른 세배드리고 차례상까지 준비해야 하니 새벽부터 눈코 뜰 새 없이 바쁘다. 우리가 아직 일어나기도 전, 깜깜한 새벽에 제일 큰집 올케언니들이 찾아온다. 아직 날도 안 샌 캄캄한 새벽길이다. 어린 나는 언니들의 수고는 미처 생각지 못했고 그저 한복 곱게 입고 온 언니들이 이쁘기만 했다. 차례차례 큰집 언니들이 다녀가고 나면 부엌엔 한 숟갈씩 떠먹다 남은 각 집의 서로 다른 떡국이 고스란히 남아있다.

  오빠들이 결혼하자 나도 올케언니들을 따라 새벽길에 동참할 수 있었다. 드디어 나도 오빠들 틈에서 벗어나 언니들과 함께 세배를 드리러 갈 수 있게 되었다. 까만 새벽, 사각거리는 한복 소리가 정겹다. 아직 떠 있는 달이 길을 비춰준다.

  언니들은 한복을 차려입고 엄마는 떡국을 챙겨줬다. 첫째 큰집에 가 세배를 드리고 나면 다시 집으로 와서 둘째 큰집에 가져갈 떡국을 챙긴다. 둘째 큰집 세배를 드리고 셋째 큰집에 가고 또 넷째 큰집에…. 엄마는 내가 올 때를 맞춰 떡국을 끓여 준비해 놓으셨다. 한복 입은 언니들 넘어질까 봐 나더러 떡국을 들라고 했다. 그마저도 언니들과 같이 다닐 수 있어 좋았다. 깜깜한 새벽길을 걷는 것도 즐거움이었다. 그렇게 한 바퀴를 돌고 나면 그제야 아침이 밝아온다. 그러고 나면 사촌 오빠들도 차례로 와 세배를 드린다.

세월이 흐르고 언젠가부터 설날 새벽의 의식은 며느리들에게도 절을 받는 어른들에게도 불편한 일이 되었다. 전래동화에나 나올 것 같은 이야기는 어느 순간 자취를 감추고 말았다. 이젠 새벽 순례 없이 차례 전에 다 같이 모여 세배를 드린다. 먼저 아빠가 큰아버지, 큰엄마에게 세배를 드리고 그다음에 사촌들이 어른들께, 마지막으로 조카들이 어른들에게 세배를 드린다. 낯선 이 문화와 그 많은 음식 준비에 올케언니들이 얼마나 당황하고 적응하기 힘들었을지를 생각하면 웃음이 난다. 명절 한 번 지나고 나면 얼마나 할 이야기가 많았을까? 요즘 같은 시대에 지금까지 새벽 순례가 남아있다면 찾아오는 며느리는 아무도 없지 싶다.

설이 다가오면 방앗간에서 가래떡 한 자루를 뽑아왔다. 지금처럼 먹기 좋게 떡국용으로 썰어 오지 않았던 건 순전히 삯 때문이었던 것 같다. 떡국떡 썰기 또한 연례행사였다.

가래떡 뽑아 온 날은 소쿠리마다 떡을 펼쳐 꾸덕꾸덕해질 때까지 말린다. 무르면 물러서 모양 안 나고, 너무 마르면 딱딱해져서 썰기 어렵다. 적당히 말라야 떡국떡 모양으로 썰 수 있다. 엄마 아빠, 오빠들까지 각자 도마 하나씩을 차고앉는다. 자칫하면 손을 베기도 한다. 어른들은 장갑을 끼고 시작하지만 어린 우리야 하다가 일어나면 그만이다. 썰어 볼 거라고 자리 잡고 앉지만 여린 손가락은 금세 빨개지고 만다.

썬 떡은 한 자루가 된다. 설날 아침 세배용부터 겨우내 주식이 된다. 마른 떡은 뻥튀기로 만들어 겨울 간식도 된다. 그때의 떡국은 지금처럼 쇠고기 고명에 달걀 지단은 언감생심이다. 쇠고기는 허연 국물 속에 어쩌다가 하나 구경할까 말까 했고, 두부에 김 가루가 고작이었다. 나는 그때나 지금이나 떡보다 국물을 더 좋아한다. 귀한 떡임에도 불구하고 제대로 관리 못해 푸른곰팡이가 피기도 했다.

깜깜한 새벽, 떡국을 끓였을 올케언니들이 생각난다. 달빛 따라 소담스레 들고 왔을 그 쟁반과 덮개, 그 길이 아련하다. 없는 줄 알았던 기억과 추억을 보물 찾듯 하나하나 찾아내고 있다. 이렇게 많은 추억이 내 기억 속에 있다는 걸 글을 쓰면서 안다. 기억 속에 남은 내 역사다.

설날 아침, 나는 김씨 집안 맏며느리가 되어 떡국을 끓인다. 맏며느리지만 외동아들이라 오가는 사람 없는 조용한 명절이

다. 어린 날 떡국 한 그릇의 추억과 그 속에 등장했던 어른들이
떠오른다.

　임시정부 밴드엔 설날 아침 세배드리는 모습과 성묘하는 사
진이 올라온다. 조용한 이 집안과는 사뭇 다른 풍경을 보며 마치
그곳에 가 있는 양 작은 핸드폰 화면을 보며 큰 미소를 짓는다.

돼지국밥집 아줌마 동시 작가 되다

쌀쌀하다. 오늘도 바쁘겠다. 기온이 영하로 뚝 떨어지면 오히려 손님이 나오질 않는다. 음식점은 날씨에 상당히 민감하다. 기온이 뚝 떨어지면 오히려 추워서 나오지 않고 배달음식점이 바쁘다. 오늘같이 적당히 추운 날이 국밥이 제일 많이 나가는 날이다.

일찍 가게로 내려와 배추를 절이고 양파와 깍두기, 쌈장과 새우 등을 미리 준비한다. 바닥과 테이블은 물론 가게 밖까지 깔끔하게 청소한다. 잔돈도 미리 찾아서 준비해야 한다. 어느 것 하나 소홀할 수 없다. 준비가 소홀하면 둘이서 허둥거리게 된다. 재빠른 손으로 바쁜 아침에 빛처럼 움직인다. 어머님은 밤새 국물을 고느라 늘 잠이 부족하시다. 연세 많은데도 불구하고 장사를 시작해 고생이시다. 정성으로 끓인 국물 덕분에 손님들에게 깔끔한 음식을 대접할 수 있고, 우리도 매일 먹어도 질리지 않는 돼지국밥이다.

11시가 넘으면 아침밥 거른 직장인들이 허기진 배를 붙들고 들어오기 시작한다. 메뉴판도 필요 없다. 가게를 들어서며 "돼지국밥 3개요." 하고 앉는다. 주택가와 법원을 아우르는 위치라 대부분 손님이 단골이시다.

장사를 시작하고서 나에게 '기억'하는 재능이 있다는 걸 알았다. 손님의 얼굴과 직함은 물론 취향과 식습관, 간의 세기까지 한 번 오신 분들의 성향을 기억하고 있는 나를 발견했다. 나조차도 놀란 재능이다. 이분은 새우 넉넉히 드려야 되고, 저 손님은 매운 고추 드시고, 저분은 깍두기보다 김치, 저분은 밥 한 공기로는 부족하다. 저분은 김치 많이 드시고 저분은 늘 순대국밥, 가실 땐 만두 포장. 쓸모없는 기억력이 쓸모 있을 날이 왔다. 기억하는 이 재능 덕분에 찾아주시는 분들이 많았다. 바꿔서 생각해봐도 누군가가 나를 기억해 주는 건 기분 좋은 일이다.

손이 재빨라서 테이블 열세 개를 단체 손님이 아니면 혼자서 감당했다. 다른 일에서는 절대로 되지 않는 멀티가 가능했다. 손님들조차도 재빠른 내 손길에 놀라셨다. 그게 무슨 자랑인 것처럼 우쭐해지기도 했다.

어머님은 늘 나를 과대평가하셨다. 김밥을 싸 드리면 김밥 장사해도 잘하겠다, 국수를 해 드리면 국수 장사해도 잘하겠다, 뭘 해도 잘하겠다며 칭찬하셨다. 욕심 많은 어머님은 재주를 써먹지 않는 며느리를 이해할 수 없었다. 능력 있는 며느리가 자기 사업 시작하지 않고 맨날 사촌 언니 가게에만 출근하는 걸 못마땅해하셨다.

"어머님, 1층에 세입자 들어왔어요? 물건이 들어와 있네요."

"내가 돼지국밥집 할 거다. 너도 언니 가게 그만두고 오느라."

날벼락이 이런 날벼락이 있을까? 일흔도 훨씬 넘은 어머님은, 내가 출근하고 없는 사이 주방 냉장고와 식기들을 다 장만해 놓으셨다. 퇴근하고 돌아오니 어제까지 비었던 1층 가게에 줄줄이 물건들이 들어와 있다. 세입자 물건이 아니라 어머님이 산 물건이다. 난데없는 돼지국밥을 하시겠단다. 나더러 직장을 그만두고 오라 하신다. 거절 못 하게 일 먼저 저지른 어머님을 나 또한 거절할 수 없다.

어머님과의 돼지국밥 장사는 그렇게 시작됐다. 말로 다 할 수 없는 어려움을 함께 겪었다. 어머님은 젊을 때 장사도 해 보시고 이런저런 일들을 해 보셨지만 나는 모든 게 처음이었다. 음식 준비에서부터 손님 상대, 돈 계산까지 낯설고 어려웠다. 직장인은 직장인대로, 인부들은 인부대로 손님들 유형도 다양

했다. 건설 현장 인부들, 법원 직원들, 예비군 단체 식사, 싸우는 손님도 상대해야 했고, 밥값을 떼먹는 손님도 있었고, 사기꾼들 농간에 당하기도 했다. 장사가 잘되면 잘 되는대로 몸이 힘들었고, 안 되는 날은 안되는 대로 마음을 써야 했다. 어머님은 연세도 높은데 밤잠을 못 주무시고 국물을 고아 내시느라 고생이었고 나는 고등학생 아이 둘을 뒷전으로 미루고 매달려야 했다. 3년이 넘게 새벽부터 밤늦게까지 하루 13시간이 넘는 시간을 오롯이 돼지국밥집에서 보냈다. 1층과 3층이 내 생활 반경이었다. 어머님과는 산전수전을 겪으며 전쟁을 치른 전우처럼 끈끈한 동지애가 생겼다. 행여나 어머님이 탈이 날까 봐 걱정했고, 어머님은 내가 아플까 봐 염려하셨다.

낮가림 없는 성격도 장사 밑천이 돼 주었다. 시큼털털한 건설 현장 인부들과도 잘 어울렸고 부장검사님들 비위도 잘 맞췄다. 그때의 사장님들과는 지금까지 연락하며 지내시는 분도 계신다. 힘든 일이었지만 즐기며 손님들 상대했고 그 속에서 '사람'을 알았다. 밑바닥부터 세상을 공부하는 시간이 되었다. '장사치 똥은 개도 안 먹는다.'라는 속담처럼 다양한 사람, 다양한 분류의 직종을 접하며 내 속을 숨기고 감정노동을 해야 했다. 그러나 대부분 손님이 점잖으셨고 어머님 또한 우리 손님들은 모두 점잖아 국밥집 사장을 하대하지 않는다고 좋아하셨다.

선생님과 이른 점심을 먹고 카페에서 수다 떨다 보니 어느새 3시다. 국밥집 아줌마는 어느새 동시 작가가 되고 브런치 작가가 되었다. 동시를 쓰고 수필을 쓰며 전혀 다른 삶을 살고 있다. 참새방앗간처럼 드나들던 도서관에 불현듯 찾아온 〈시 쓰기〉 수업이 내 삶을 180도 바꿨다.

"선생님, 제 인생이 이렇게 예뻐도 될까요? 저 이 시간이면 국밥 팔고 있어야 했거든요."

이 시간 이렇게 한가하게 카페에 있다는 게 종종 믿어지지 않는다. 예쁜 옷은커녕 앞치마 입고 소매 걷어붙이고 종횡무진 홀을 뛰어다녀야 했다. 여유 부리고 있는 이 시간이 아직도 남의 옷을 입은 것 같을 때가 있다.

선생님은 내게, 그런 날들이 있었기에 지금이 귀하고 행복한 줄 아는 거라고 말씀해 주신다. 매일 이렇게 산 사람들은 소중함도 갈급함도 모른다고 하신다. 그 시간을 보냈기에 더 매진하실 수 있는 거라고 말씀하신다.

털털한 남자 손님들 상대하던 돼지국밥집 아줌마가 동시 작가가 되어 선생님과 함께 그 시간을 되돌아본다. 선생님이 아니었다면, 그때 손잡아 주지 않으셨다면 나는 지금 무엇을 하고 있을지 알 수 없다. 아직도 그 속에 갇혀 국밥을 팔고 있을지도 모를 일이다. 내민 손을 놓칠세라 꽉 붙잡았다. 내게 온 소중한 것을 놓일 수 없었다. '이 시간의 소중함'이라는 선생님의 말씀에 동의한다. 전혀 생각지 못했기에, 지금 이 낯선 시간마저 소중하고 귀하다.

인생은 새옹지마다. 돼지국밥은 난데없는 남편의 다리 골절상으로 인해 끝이 났다. 서울 출장 간 남편이 다쳐서 오는 바람에 수술과 병간호를 이유로 끝을 내게 됐다. 나 없는 동안 이모님 불러 장사하시던 어머님이 이제 그만하자고 마음을 돌리셨다. 하늘이 무너지고 큰일이 난 줄 알았던 사고가 예상치 못하게 내 삶을 바꿔놨다. 남편의 골절이 의도치 않은 희생이 되었다.

새로운 무대로 옮겨 와 바뀐 무대에 잘 적응하고 있다. 원래 여기가 내 자리였던 것처럼 천연덕스럽게 앉아 있다. 국밥집 외에 다른 건 상상해 보지 않은 나에게 이런 삶이 다가왔다.

인생은 공짜가 없다. 이만큼 살아보니 새옹지마에 겸허해진다. 돼지국밥집을 하며 고생했던 시간도 지나고 보니 글밑천이 되고 세상 공부가 되었다. 어느 것 하나 헛되이 오는 일이 없고, 헛된 일로만 끝나는 일도 없음을 안다.

이 시간은 또 어떤 시간을 불러올지 과거가 될 오늘에 최선을 다한다. 내 인생이 이렇게 예뻐도 되는 걸까?

인생을 쓰는 시간

글 = 벗 + 스승

매일 글쓰기 198일 차. 혼자서만 글을 쓰다가 6명이 같이 하는 글쓰기 모임에 참여했다. '블로그 마을'로 유명한 '밤 호수' 님을 간달프처럼 따르며 마술사 흉내를 내 보았으나 7주 만에 부릴 수 있는 마술이 아니었다. 비록 짧은 시간이었지만, 좋은 에너지로 글을 썼고 여전히 좋은 분위기로 카톡 방을 이어가고 있다.

잠시 다른 일 하다가 카톡을 열어보면 수 없는 글이 올라와 있다. 좋은 글과 좋은 책, 일상과 수다까지 쉬지 않고 올라온다. 여자 셋이 모이면 접시가 깨진다는데 선생님까지 여자 6명에 남자 한 명이 모였으니 접시 아니라 장독이 깨지고도 남을 일이다. 접시가 아니라 고성능 액정이어서 가능한 일이다. 미국, 중국, 한국 세 나라에서 굿 모닝과 굿 이브닝을 주고받고 있다. 모두가 잠든 시간이 없고 모두가 깨어있는 시간이 없어 물레방아처럼 쉬지 않고 돌아가는 방이다.

목요일은 요가와 서양 고전 수업이 연달아 있는 날이다. 수업 마치고 나면 수북이 쌓여 있을 카톡이 미리 걱정이다. 특별히 오늘은 다섯 글자로 말하기를 부탁했다. 나중에 들어와 읽어야 할 어마어마한 양을 최소화하기 위함이었다. 다섯 글자로만 말하려니 '님' 호칭은 생략 단어 1순위다. 위아래 서열이 사라진다. 야! 자! 타임이다.

'속 터져 죽음, 너무 어려움, 벽 더 길어져, 얼마나 좋아, 비장미 대박, 말할 수 없음, 이거 맛있나, 그냥 내려놔, 있다 봐, 세글자 반칙.' 머리를 쥐어짜며 다섯 글자를 맞추려는 노력이 재미나고 우습다.

글쓰기라는 같은 목적을 가지고 모여 7주 동안 매일 봐 온 정이 이만큼 깊이 들었음을 확인한다. 글을 쓰기 위해 모였지만 글을 잘 쓰는 것만큼이나 서로에게 용기를 주는 시간이었다. 혼자일 땐 써 보지 않은 글, 감히 엄두 내 보지 않은 글쓰기를 시작했다. 숨겨뒀던 마음을 열어보고 어디에서도 털어놓지 못했던 비밀을 드러냈다. 어디서 그런 용기가 났던지 우리도 알 수 없다. 상처와 아픔을 우린 남김없이 풀었고 울었고 공감해 주었다. 가둬뒀던 나를 드러내는 해우소가 되었다. 이미 글쓰기 기간은 끝났지만 아무래도 이 방은 폭파하면 모두가 폭동을 일으킬 것 같다.

마흔은 얼굴에 책임을 지는 나이라고 한다. 얼굴이 곧 그 자신이기 때문일 테다. 나는 이 말을 각색해 부부란 서로의 얼굴에 책임져 주는 것이라는 생각도 한다. 서로 아끼고 존중하며 책임져 주는 것이 바람직한 결혼생활이라고 생각한다. 그럼 왜 하필 얼굴일까? 엉덩이나 발등에 책임을 지는 것이 아니라 왜 얼굴에 책임을 진다고 할까? 얼굴에는 그 사람의 '얼'이 담긴다고 한다. 소소한 감정은 물론, 보이지 않는 성격이나 철학까지 응축시켜 의도치 않아도 드러나는 곳이 바로 얼굴이다. 그래서 어른들이 사주팔자로서의 관상이 아니라 됨됨이로서의 얼굴을 보시는 것 같다.

글은 그 사람과 같고 그 사람의 얼굴과 같다. 내 생각과 감정이 고스란히 드러난다. 철학과 가치관도 어쩔 수 없이 드러난다. 숨기려 하지만 어느 글자, 어느 부호에 귀신처럼 달라붙어 있다. 처음 동시를 쓰기 시작했을 때도 벌거벗은 듯한 내가 드러나는 것 같아 머뭇거렸다.

'거두절미, 단도직입, 의식이 이끄는 대로'는 내가 글을 쓰는 방식이다. 김 륭 시인은 세상에서 가장 불친절한 것이 바로

'시'라고 하셨다. 온 정성과 사랑을 다 쏟고 온갖 아양을 다 부려야 겨우 한 줄 주는 게 시라는 말씀이다. 다른 사람들의 글을 보면서 나를 보게 됐다. 거울 속에서 볼 수 없었던 내 모습이다. 독자는 고려하지 않고 이리저리 의식의 흐름대로 돌아다니는 나를 알아챘다. 친절과 배려, 아량이라곤 전혀 갖추지 못한 여자가 바로 나였다. 글 속에 오롯이 내가 드러난다고 했는데, 오히려 글을 통해 나를 보게 되었다. 앞뒤 말 다 잘라먹고 바로 직진하는 내 어투를 인정해야 했다. '그것까지 내가 해야 해?'하며 알아서 따라와 주길 바라는 이기적인 내 모습을 마주했다. 얼굴과 말뿐만 아니라 글에도 내가 드러난다는 걸 알고 부끄러워 숨고 싶었다.

내가 아는 것은 아직 빙산에 불과하다. 수업을 듣는 동안 또 다른 비밀 하나를 알게 됐다. 글은 얼굴과도 같지만, 글이 집과도 같다는 걸 알았다. 내 집도 글과 다르지 않아 아기자기한 모습은 찾아볼 수 없다. 생존에 필요한 물건, 기능에 충실한 물건들로만 집안을 꾸민다. 글과 집이 모두 '나'의 테두리를 벗어나지 못하는 한계를 알게 됐다. 하지만 오래된 성질을 바꾸기 어렵듯 친절과 배려의 장치를 넣기가 쉽지 않다. 김 륭 시인은 김 륭 시인다운 시를 쓰고 나는 나 다운 글을 쓰는 것도 나쁘지 않다는 결론을 내린다. 모두가 같을 필요도 없고 같아질 수도 없다. 하지만 인식 여부는 중요하다. 친절하게 독자를 모시고 가야 함도 잊으면 안 된다.

동시를 쓰기 시작했고 수필을 쓰기 시작했다. 잘 쓰기 위해 시작한 일이 오히려 나를 보는 혜택을 누리고 있다.

어느 날, 선물처럼 나에게 온 글, 나는 글을 쓰면서 오히려 많은 것을 배우고 있다. 여태껏 생각지 못한 것을 알게 되고, 상대방이 아닌 나를 만나고 있다. 어렵게 붙잡고 따라가며 조금씩 철이 든다는 생각도 한다. 글이 아니었다면 만나지 못했을 여러 가지 생각들을 불쑥불쑥 만나며 기쁨과 즐거움 그리고 삶의 정의도 내려간다. 글은 글로서 벗이자 스승이다. 내 인생에 나에게 온 것 중 최고의 선물이다.

시인의 마을

폭염경보가 내렸다. 더위는 그동안의 무기력함에 대한 미련인 듯 맹위를 떨쳤다. 지리산 계곡에 다녀왔지만 잠시 더위를 피하는데 지나지 않았다. 아이스크림과 아이스크림 사이, 선풍기와 선풍기 사이를 제외한 모든 영역을 거느리려는 더위를 말릴 자가 없다.

뜨거운 해가 넘어가고 열기는 조금씩 옅어졌다. 낡은 선풍기 한 대와 새 선풍기가 쉬지 않고 일하지만, 고객을 만족시키기엔 미미하다. 아빠는 덥다면서도 에어컨 하나 달아야겠다는 말에는 손사래를 치신다.

달과 별이 뜨거운 태양을 피해 조용히 내려앉았다. 도시에서 볼 수 없는 찬란함을 핸드폰에 담아 가려 하지만 실패다. 아무리 찍어도 별 하나만 허락할 뿐이다. 눈과 마음에 처음 보는 별인 듯 담아 온다.

어젯밤도 예상을 빗나가지 않았다. 그나마 우리 식구들은 더위에 무딘 데 비해 남편의 기름진 몸은 좀체 더위에 익숙해지지 않는다. 한여름에 에어컨 없는 시골에 오자고 한 것부터 무모했다. 시골의 더위를 만만하게 생각했다. "여기는 시원하다."라는 엄마 말에 낚인 그의 실수다. '잔소리 할마시'라고 싫어하지만, 장모의 매력이 마누라의 매력이라 왠지 끌린다. 모르면서도 당당한 건 같잖아서 오히려 귀엽다.

옥상의 열기가 식긴 했으나 잠자리를 식혀주진 않았다. 둘째 오빠와 올케언니는 이불을 들고 마을 정자로 피했다. 신혼부부도 아닌데 괜히 방해될까 봐, 따라가지 않고 거실에 이불을 폈다.

새벽 3:58. 아니나 다를까 알람이 시작된다. 시골의 알람은 도미노라 하나가 울기 시작하면 온 마을 알람이 동시에 울린다. 우리 집 수탉이 '꼬끼오'를 시작하자 놀란 수탉들이 너도나도 울어댄다. 새벽 첫소리의 힘은 어디서 나오는 걸까? 빈속에 목도 가다듬지 못했을 텐데, 거침없다. 삑싸리도 없다. 유선형의 볼록한 단전의 힘일까? 치골을 잡아당기고 목구멍을 활짝 열어 새벽을 알린다. 전혀 반갑지 않다. 겨우 가신 더위에 발아래 밀쳐 놓은 이불을 당겨 귀를 막는다. 막아 보지만 모기처럼 뚫고 들어온다.

　셋째 오빠네가 다음날 합류했다. 어제 그 수탉은 '소음 유발죄'로 엄마와 둘째 오빠의 손에 맥없이 처형당했다. 새벽의 그 힘찬 기상은 죽음 앞에 무용지물이었다. 살아서 같이 울어주던 수탉은 아무도 조문 오지 않았다. 조금 전까지 살아 숨 쉬던 닭장 안은 망연자실인가? 이상할 정도로 조용하다. 마당 구석 아궁이에는 볕보다 더 뜨거운 불을 지피고 솥에는 그보다 더 뜨거운 물이 끊기 시작한다.
　사위오면 씨암탉 잡아 주겠다던 엄마의 다짐은 매번 세이렌 같은 유혹에 지나지 않았다. 그보다 더 많았던 멕시코 치킨과 처갓집 양념통닭이 엄마의 수고를 대신해 왔다. 오늘에서야 그 약속을 지킨다.

　어제의 열기는 오늘 밤에도 여전하다. 더위는 뻔하고 아직도 수탉 한 마리는 남았다. 쟁취가 아니라 운명에 의해 서열이 바뀐 닭장 안의 분위기가 자못 궁금하다. 수탉이 울지 안 울지를 내기하는 대신 마을 정자로 모두가 피신한다. 어제 정자에서 잠을 잔 오빠네가 그곳의 장점을 늘어놓았다. 시원하고 모기도 없다. 닭 소리도 안 들린다. 새벽엔 추워서 각시를 꼭 안고 잤다. 다만, 이른 새벽부터 뒷집 아주머니가 정자 옆에서 깨를 털기 시작해서 누워있기 미안했다. 그래도 그 정도면 충분하다. 여기보단 낫겠다. 어차피 새벽형이니, 새벽까지만 잘 자면 된다. 닭 소리도 안 들린다니 잃어도 본전이다. 모두 합의다. 이불과 베개를 들고 난민처럼 집을 옮긴다.

일곱 명이 누워도 여유가 있다. 가지각색 이불을 펼치고 오랜만에 어린 시절로 돌아간 기분이다. 딱딱한 바닥이 아쉽긴 하지만, 바람은 욕심이다. 시원한 바람이 불어와 더위는 어느새 달아나 버렸다. 풀벌레 소리, 매미 소리가 고즈넉한 여름밤을 수놓는다. 그것만 해도 충분한데, 남편이 한 수 더 뜬다.

"갑자기 노래하나가 생각났습니다. 시인이 왔으니 '시인의 마을'을 들어야지요."

'창문을 열고 음 내다봐요.'

"어우, 고모부~~"

음악이 나옴과 동시에 언니들의 감탄이 쏟아진다. 영원을 순간으로 몰고 오는 힘이다.

'살며시 눈감고 들어봐요. 대지 위를 달리는 사나운 말처럼, 누가 내게 손수건 한 장 건네주리오. 그 장단에 춤추게 하리오. 하늘에 비낀 노을 바라보며 시인의 마을에 밤이 오는 소릴 들을 테요.'

감미로운 목소리와 상념 가득한 시인의 가슴과 하모니카 소리가 한 여름밤, 아름다워서 눈물 나게 한다. 적당한 단어와 딱 맞는 단어가 있다는 어느 작가의 집필 법처럼, 지금 여기에 딱 맞는 선곡이다. 전혀 생각지 못한 어울림이다. 감탄하는 순간 이다.

시인의 마을에 시인이 왔다는 남편의 말에 나는 시인을 키운 마을을 생각한다. 그 속에서 자란 어린 날을 떠올린다. 이 마을이 시인을 키운 비결은 천방지축을 허용해 준 넉넉함이었다. 내 자유를 침범하지 않은 그들의 무관심과 바쁨이었다. 그 속에서 나는 시인이 되고 가수가 되고 개그맨이 되었다.

여름밤, 숨어 있던 노래가 힐링이 되고 잊지 못할 추억이 되었다. 좋은 곡은 숨어 있다가도 어느 순간 빛나기 마련이다. 조용하지만 강하다.

시인의 마을로, 진짜 시인이 되고 싶어지는 밤이다. 직업으로서의 시인이 아니라 늘 생각하는 상태, 상념에 젖어 있는 상태 그 자체가 바로 시인이라는 임지은 시인의 말에 공감한다. 아름다운 노랫말을 쓴 사람이 바로 시인이고 아름다운 곡으로 만들어 불러 주는 사람도 시인이다. 여기서 이 노래를 골라내는 사람도 시인이고 음미할 줄 아는 사람도 시인이다. 우리는 여름밤, 모두 시인이 되었다.

인생을 쓰는 시간

평범과 비범은 한 끗 차이다. 모기와 닭 소리를 피해 도망간 정자를 시인의 마을로 만들어 준 것은 음악 하나였다. 늘 반짝이는 남편의 비범함을 '잔재주'라고 터부시했는데, 시골에서의 여름밤을 반짝이게 해 주었다.

그 후로 조영남의 '지금'을 오빠가 신청했고 남편이 불러주고 싶은 곡이라며 박상민의 '해바라기'를 들려주었고 이미 취한 우리는 음악에 마저 취해 잠이 들고 말았다. 매미도 잠이 들고, 풀벌레도 잠이 들고 음악도, 아름다운 시도 모두 잠이 들었다. 할 일 없는 가로등만 깨어있다.

선물

당시 정부에서 산아제한을 간접적으로 유도하고 권장하던 시대
인데도 딸 여식(女息)을 하나라도 갖고 싶은 마음에 낳고 보니 고
추여서 오 부자(父子)가 된 셈이다. 그래서 출산을 억제하다 6년
후인 1974년 7월 5일 비로소 갖고 싶어 하던 귀여운 딸 은자를
얻었다.

하나하나 볼 때마다 귀엽고 사랑스러우며 오줌, 똥 조금도 더러
운 줄 모르고 온갖 잘못을 저질러도 힘든 줄 모르고 사랑으로 길
렀지만, 당시 민생고(民生苦) 해결이 되지 않은 시기여서 제대
로 못 입히고……

〈자녀들의 출생 - 정심선행 中〉

1974년 한여름 밤, 나는 세상에 태어났다. 이 마을 저 마을 흘러 다니며 사주팔자를 봐주시던 용한 점쟁이가 엄마를 보더니 대뜸 딸을 점쳤다고 한다. 반드시 딸이라는 점쟁이의 뜬금없는 점괘가 없었다면 나는 어쩌면 세상에 오지 못했을 테다. 딸이란 말만 믿고 줄줄이 알사탕 같은 아들 넷 다음에 나를 낳았다. 막내 오빠가 태어나고 6년 만의 일이었다.

아빠는 환갑이 되는 해에 그동안 기록해 두셨던 글들을 모아 《정심선행 正心善行》이란 제목의 얇은 자서전을 출간하셨다. 번듯한 노트 한 권 없이 달력 뒷장이나 우리가 쓰다만 공책이 유일한 기록장이었다. 바쁜 농사일을 하시는 틈틈이 방바닥에 엎드려 기록하시던 모습이 생생하다. 두서없이 써 두신 기록을 정리하여 60년 당신의 삶과 할아버지 할머니 이야기, 가문의 족보까지, 우리가 알아야 할 것들을 꼼꼼하게 기록해 두셨다. 유난히도 고달픈 일들을 많이 겪으셔서 기쁨보다 애환이 더 많았던 삶의 기록이었다.

예순일곱, 위암 수술 후에는 몸이 점점 쇠약해지셨고 삶에 대한 기대와 희망도 품을 수 없으셨다. 자연히 기록에 대한 욕구와 삶에 대한 집착도 없이 시간을 보내셨다. 다행히 위험한 고비들을 다 보내시고 나자 다시 글에 대한 미련을 조금씩 보이셨다. 하지만 너무 오래 손 놓으셔서 다시 시작하는 게 쉽지 않았다.

전화할 때마다 아빠의 대답은 한결같았다. 도저히 글이 안 써진다, 단어가 생각이 안 난다, 뭘 써야 할지도 모르겠다, 이렇게 머리가 둔해질 수가 있냐며 글 앞에서 오히려 자책하셨다. 가까이 있으면 도와 드리기라도 할 텐데, 멀리 있어 아무런 도움을 드릴 수도 없었다. 인고의 시간을 보내시며 여든여섯의 기록을 정리하셨다. 드디어 지난달, 힘들게 써 오신 원고 뭉치를 오빠에게 보냈다고 하셨다. 그 어려움을 알기에 더 바랄 수도 없다. 환갑 이후에 어떤 것들을 더 추가하셨을지 궁금했다. 그동안 오빠가 워드 작업을 했고 어제 나에게 파일을 보내줬다.

제법 책다운 한 권이 될 것 같다. 사진도 몇 장 첨부해 이전보다 훨씬 알찰 것 같다. 한 가지 아쉬운 건 한 꼭지 분량이 일정치 않고 뒤죽박죽이라는 점이다. 어떤 건 한 페이지도 안 되고 어떤 건 두 페이지가 넘어간다. 아쉽지만 아빠에게 더 요구하는 건 무리란 생각이다.

여든여섯 아빠의 글도, 나의 글도 마지막에 이르렀다. 아빠의 기록이 내 기억과 맞닿아 우리 삶이 되었고 역사가 되었다. 나에게도 아빠처럼 글이 있다는 걸 알게 되었다. 작은 기억 하나까지 기록하시던 아빠의 삶은 고스란히 나에게로 이어졌다.

이것은 세상에 올 때 아빠가 주신 선물일 것이다. 아빠의 글에 이어 내 글도 마지막에 이르렀다. 늦었지만 너무 늦지 않게 도착해 다행이다.

내 삶에서 인생을 쓰는 시간은 길지 않았다. 쓰기에 입문해 처음으로 풀어보는 내 이야기다. 산골 소녀의 별스럽지 않은 인생에도 무수한 이야기가 있다는 걸 알게 됐다.

어린 시절이 기억에 다 남지 않은 건 말(言)과 연관 있다고 한다. 말이 시작되지 않으면 기억도 없다고 한다. 말이 시작되고 몇몇 기억에 남은 추억부터 오늘에 이르기까지 수백 편의 글이 나왔고 살아남은 글들이 여기에 자리 잡았다.

아빠의 《정심선행》과 마찬가지로 슬픔이 많이 차지한 이 책 또한 내 인생이다. 사춘기와 함께 시작된 엄마 아빠의 무수한 사건 사고는 지나고 보니 마음의 힘을 길러 준 슬픔이었다. 결혼생활과 연년생 육아도 쉽지 않았지만, 고통과 함께 환희도 가져다주었다. 뒤늦게 찾아온 글에 귀통증이 재발 되기도 했지만, 그보다 더 큰 즐거움을 맛보았다.

추억을 함께 한 부모님과 오빠들, 내 인생을 새롭게 시작하게 해 준 남편과 아들, 딸, 사랑하는 친구와 이웃이 모두 이 책의 주인공이자, 내 삶의 주인공이다. 그들로 인해 내가 살았고 그들로 인해 내 삶은 완성될 것이다.

나는 선물처럼 세상에 왔다. 내가 온 날을 기억하진 못하지만, 사랑과 기쁨 속에 살아왔다. 인생 후반전은 내가 받은 선물을 나누며 살리라 마음먹는다. 누군가에게 기쁨이 되고 눈물이 되고 힘이 되는 글을 쓰리라. 오늘도, 내일도 계속 쓰며 선물 같은 삶을 살 것이다.

인생을 쓰는 시간

초판인쇄	2022년 9월 22일
초판발행	2022년 9월 29일

지은이	임은자
발행인	조현수
펴낸곳	도서출판 프로방스
기획	조용재
마케팅	최관호 최문섭
편집	강상희
디자인	호기심고양이

주소	경기도 고양시 일산동구 백석2동 1301-2
	넥스빌오피스텔 704호
전화	031-925-5366~7
팩스	031-925-5368
이메일	provence70@naver.com
등록번호	제2016-000126호
등록	2016년 06월 23일

정가 15,000원
ISBN 979-11-6480-247-0 03810